ナースコール！

戦う蓮田市リハビリ病院の涙と夜明け

川上途行

ポプラ文庫

ナースコール！

―戦う蓮田市リハビリ病院の涙と夜明け―

NURSE CALL!

Hasuda City
Rehabilitation Hospital

NURSE CALL!
contents

一章　駆け引き

「ちょっとお話、いいですか？」

発表を終え、壇上から降りた大迫《おおさこ》まひろに声を掛けてきた男性は、山根《やまね》だった。もちろんその時は初対面だったが、学会で発表後にその内容について質問されることは決して珍しくないので、まひろは深く考えることなく、ええ、と会釈をすると、会場の扉を押して、外のロビーに出た。

「うちの病院で一緒に働きませんか？」

全く予想もしなかった山根の第一声に、まひろはその顔をぼんやりと見上げた。五十過ぎくらいだろうか。笑っているようにも、試しているようにも見えるその表情は、まひろが今の病院を辞める決心をしていることを見透かしているようにすら感じられた。だからかもしれない。普段ならもっと警戒心の強いまひろが、気づけば尋ね返していた。

「どこの病院ですか？」

「蓮田《はすだ》市リハビリテーション病院です」

「蓮田って？」

「埼玉の大宮《おおみや》の近く」

　ずっと関西で育ったまひろにとって、大宮すらピンとは来ない。ただ、全く知らない所だからこそ、惹《ひ》かれるような気がした。

「どんな病院なんですか？」

「別に、普通の、回復期の病院ですよ」

　山根の、人を食ったような笑顔を嫌いじゃないとまひろは思った。

「でも、多分うちの連中は、普通だとは思ってないんじゃないかな。他のどこよりも患者さんを良くできるリハ病院を目指しているんでしょうね」

「あなたは違うんですか？」

　まひろの問いかけには答えず、山根は名刺を差し出した。

「もし、気が向いたらここに電話してください。作業療法士の主任を探していて」

　遠ざかる山根の後ろ姿とその名刺の間で、まひろの視線は行き来するのだった。発表の緊張が解けたはずのその心臓は、またトクトクと鼓動を打ち続けていた。


　まひろは子供の頃から学校の成績が良かった。母親は厳しい人で、一人娘のまひろに何事も一番以外は全て落第だと教え込んだ。そのことに疑問を持たないわけではなかったが、元々勉強が嫌いではなかったのは幸いだった。中学までは本当に一番の成績を取り続け、兵庫県内の進学校に入学した。医学部を目指そうと考えていたまひろは、そこで初めて自分が敵《かな》わないくらい頭の良い同級生に囲まれた。

「これは勝てないかもな」

負けず嫌いではあるが、一方でこだわりのないまひろが、作業療法士を目指したのはある種、本能的なものだったが、そこに母の教えはやはり息づいていたのかもしれない。療法士になるための進路としては最難関である京都大学に合格し、その仕事を学び知るにつれて、まひろは自分の選択が間違いでないことを確信していた。

ある一つの手技、一つの理論をとっても、リハビリテーションは奥が深く、まひろの知的好奇心は刺激され続けた。同級生にも恵まれ、充実した学生生活を終えたまひろは大きな希望を胸に臨床の現場に降り立った。しかし、そこで待っていたのは予想もしていなかった苦労の連続だった。

まひろの勤めた病院は、兵庫では名の通った回復期リハビリテーション病院だったが、そこの上司はまひろのことを入職当初から面白く思っていなかった。彼は専門学校卒から叩き上げで上り詰めた人で、学歴を持ったまひろに対し、あからさまに卑屈な態度で接した。

「オレが教えられることなんてなんもないよ」

作業療法士という職業は技術職である。いくら机の前で勉強をしてきても、実際に患者さんを触《さわ》る技術を習得していかないと何の役にも立たない。それを教えてもらえない。まひろは途方に暮れた。が、患者さんは目の前にいるのだ。待ってもらうことなどできない。憂《うれ》えている暇はないのだと自分に言い聞かせた。

時間さえあれば、自分の周りで行われている先輩たちの患者さんへの治療手技をひたすらに見続けた。そして、それを自分の中にある知識と一つ一つ結び付けていった。すると、やはり正しい理論に基づいている手技を行っている療法士が受け持つ患者さんの方が明らかによくなっているのがわかった。入院してくる時には同じくらいの麻痺《まひ》の重症度の患者さんであっても、その後の経過が違うのだ。

一人の先輩は、ある日を境に麻痺側の手の練習より、麻痺の無い方の手で生活に必要な動作を行うための練習に多くの時間を費やしていた。すると、当たり前かもしれないが、麻痺のある手がそれ以上治ることはなかった。しかし、別の先輩が担当した患者さんの麻痺手は、入院した頃は本当に重度だったのでまひろの目からは改善は難しいと映っていたのに、そちらの手を動かすリハビリメニューを止めることなく適切に続けた結果、少しずつ動きを取り戻し始めていた。確実に改善している、でもまだ拙《つたな》い動きの患者さんの手から、逃げるな、と言われたような気がして、まひろはその患者さんと先輩が行っているリハビリのやり方を必死で追いかけ、家に帰ると教科書でその理論を学ぶという日々を繰り返した。


「おめでとう！　よかったね！」

「ありがとう。なんだか不思議な感じだけどね」

「この前、お嫁さんになったと思ったあかりがもうお母さんか。すごいなー」

蓮田市リハビリテーション病院の看護師、南玲子《みなみれいこ》と作業療法士である深沢朱理《ふかざわあかり》はいつもの駅前のカフェで落ち合っていた。

「あかりのウエディングドレス姿、綺麗だったなぁ。私、感動したもん」

「その話、何度も聞いたよ」

朱理は偶然再会した幼馴染《おさななじみ》の彼と、昨年の秋にめでたく結婚したのだ。そして、さらにめでたくご懐妊の報告というわけだ。朱理は、無邪気な玲子の言葉を笑顔で受け止めていたが、声のトーンを幾分落として言葉を続けた。

「もちろん、嬉しいんだけどね。でも、仕事、ちゃんとできるかなって、心配なんだ」

回復期リハビリテーション病院の看護師もそうだが、作業療法士ももちろん肉体労働だ。病気にかかった患者さんがその治療を急性期病院で行った後、落ちてしまった体力や残った後遺症を改善させるためのリハビリテーションを専門に行うのが回復期リハビリテーション病院だ。そのため、入院している患者さんが受ける治療のメインがリハビリである。

患者さんにリハビリの指導を行う理学療法士、作業療法士は、体に不自由を残す患者さんたちと一緒に運動を行うのでその介助に力を使うし、玲子たち看護師も病棟での生活の中で援助、介助を行うので同様だ。

「大丈夫だよ。みんなで助け合えば。あかりは元気な赤ちゃん生まないと」

自分にとってはまだ関係のない世界だと思っていた玲子だが、いざ同期の朱理がその立場になると急に現実味を帯びてくる。少し熱があるだけでも十分しんどいのだ。もし、悪阻《つわり》などがひどかったら、多分に仕事に支障が出るのは想像に難《かた》くない。

「そうだね」

蓮田駅からほど近い元荒川《もとあらかわ》沿いの桜並木は例年より早く蕾《つぼみ》をつけていた。明日からは、また新しい年度が始まる。玲子はリハビリナースになって五度目の春を迎えようとしていた。

「玲子は最近どうなの？　なんか、良い話ないの？」

悪戯《いたずら》な笑顔で覗《のぞ》き込まれ、脳裏によぎったのは、寝癖のついた白衣姿だった。太一《たいち》との出会いは二年前の春だったな。玲子は視線を一度窓の外に移してから答えた。

「なーんにもない」

そう言いながら、目指せ、寿《ことぶき》退社なんて嘯《うそぶ》いていたあの頃を、思い出していた。リハビリナースという仕事の意味や、その仕事にどう向き合えばよいのかをわかっていなかった玲子の前に現れたのが、リハビリテーションの専門医である小塚《こづか》太一だった。太一の、時に辛辣《しんらつ》な、でもリハビリテーションを必要とする患者さんには必ず正面から向き合うという、強い意志から発せられる言葉に、後押しされ進んでこられたから、今の自分がいると玲子は感じていた。

もしかしたら今は、朱理みたいに、そういうことがあっても仕事を辞めないかもな。まあ、そういうことどころか、少しの前進もない。前進？　別に何かを進めたいわけじゃないけど。

「デートとかしないの？　小塚先生と」

「しないよー。仕事の後、たまにご飯行くけど、仕事の話ばっかりだよ」

「ふーん。でも、羨《うらや》ましい。私も仕事の話、相談したいな」

当初は取っつきにくい太一のことを疎《うと》ましく感じていたのに、いつの間にか、太一に認められることが玲子の目標になっていた。でも、それはあくまで仕事上のことで、恋愛感情などではないと玲子は思っているのだが、交通事故で両足に麻痺が生じてしまった女性の患者さんからそれは恋だと指摘されたり、朱理からもこうして当たり前のように言われてしまうと、いよいよ自分でも意識してしまう。

妊婦の朱理に合わせて、アルコールを控《ひか》えてジュースを飲みながら、玲子は首をブンブンと大げさに振った。

「えー。たまに怒られるしさ。そんないいものじゃないよ」

「たまに、でしょ。前はいつもじゃなかった？」

「たしかに、最近は結構、私の意見とか聞いてくれるけど」

人妻になっても変わらぬ天使の笑顔の朱理。玲子は残っていたジュースを一気にストローで吸い込んだ。

帰りのバスの窓から桜の蕾を見ながら、玲子は太一をお花見に誘おうかとぼんやりと考えていた。

「忙しさは一段落したのかな？」

太一はあまりそういう素振りを見せないし、ああ見えて誘われたら極力断らないタイプなので普通に接していたら忙しいかどうかなどわからないのだが、普段カルテを書いている時の少しだけ眠そうな雰囲気から、太一の日常が透けて見えるような気がした。

でも、玲子が直接尋ねてもはぐらかされるだけなので、山根にこっそり聞いたことがある。

「小塚先生、忙しいんですか？　なんか疲れてないですか？」

すると、山根はいつもの口ぶりで、まるで自分には経験がないかのように答えた。

「あの年ごろは、色々忙しいんだろうな。専門医試験が無事終わったと思ったら、やれ、大学院だ、論文だと」

確かに、最近、太一は休みの日に所属している医局のある東京の大学に頻繁《ひんぱん》に通っているようだし、平日も病院での仕事が落ち着いていても遅くまで残って作業をしているようだった。

玲子は携帯電話を握りしめながら、迷っていた。そして、二年前から少しも変わらない二人の関係、メール一つ送るのにもどうしようかと一度立ち止まるような自分に苦笑いして、短い文章を作って送った。

『先生、お花見行きません？』

送るまでは迷っていても、送ってしまえばなんだか気が大きくなって、時間も遅いし、返事は明日だろうと、呑気《のんき》に情報サイトを眺めていたら、その携帯の画面の上の方に返信を知らせるメッセージが現れた。

『今から？』

確かに、あの文面からはそう思われても仕方ないなと今さら気づき、いえ、今度、と書きかけたが、太一からの短い返事が心の隙間にすんなりと入り込み、玲子は急かされるように返信を書き換えた。

『今、大丈夫なんですか？』

『ちょうど、ご飯食べに行こうかと思っていたところ』

『じゃあ、蓮田駅で待っています。先生がご飯食べたら、少しお花見して帰りましょう』

玲子は乗ってきたバスを降りて、道路の逆側に渡ると、もう一度、駅に向かうバスに乗り込んだ。時間は夜九時をとっくに過ぎていて、二人は駅のロータリーで待ち合わせると、そのまま目の前にあった牛丼屋に入った。

「ご飯食べたんでしょ？」

「さっきまで、朱理とお茶していたの。ちゃんとは食べてないので、私も食べます」

玲子は最初朱理とご飯を、と思っていたのだが、朱理があまり食べられそうでなく、お茶だけにしたので、ちょうどお腹がすいていたのだ。二人はカウンターに並んで牛丼をかきこんだ。二人以外にも数名の客が座っていたが、そのほとんどが携帯電話をテーブルの上に置いて、視線をそこに落としていた。

「ご飯、遅くないですか？」

「そうだね」

「最近、いつもこれくらいなの？」

「んー、そうかなぁ。そうでもないけど」

太一のどっちともつかない返事を聞きながら、その横顔を気づかれないように眺めていた。

白衣を着ていない時の太一には目を引くような特徴はないはずなのだけど、病院の中の太一のイメージが頭の中に深く入り込んでいる玲子には、外で見るその猫背や仏頂《ぶっちょう》面《づら》ですら、少し特別に映る。そんな感情を知った今となっては、そんなことは不可能なのだけど、全く違う形で、例えば、この牛丼屋で偶然すれ違った客として太一と出会ったとしても、自分は太一に気づくのではないかと少し思ったりもする。まあ、今でも城《しろ》咲《さき》を見ればかっこいいと思うし、ジャニーズも好きだけどね。

駅から元荒川までは歩いていける距離だ。春の夜風はまだ少し肌寒いけど、結果的に食べ過ぎた玲子にとっては良い運動だし、太一も嫌と言わなかったので、二人はどちらからともなく、河川敷にある公園に向かって歩き出した。

「最近、忙しそうですね」

「そう？　そんなことないけど。南さんの方が忙しいでしょ。リーダーシップ研修」

　リーダーシップ研修とは、看護師が文字通り病棟などでリーダーとして振る舞えるようになるための研修である。座学もあるし、レポートもあるし、ロールプレイなんていう与えられた役を複数人で演じる劇みたいなものもあった。玲子は一年間その研修を行って（行わされて）きたが、そういうものは学生時代で終わりだと思っていたのに卒業してからもこんなに大変だなんて話が違うぞ、という反感ばかりをおぼえていた。

　そして、同時に、勉強させられた結果、玲子がたどり着いたのは、リーダーシップなんてある人にはあるし、ない人にはない、持って生まれてくる才能なのだという面白みのない諦めにすぎなかった。そんなことを口に出せば、下手したら落第させられてしまうので言えないけど。

　もちろん、自分にそれがあるのかないのかは自分が一番よくわかっている。ある人というのは、例えば、他人のことなんて気にしていないように見えて、しかも、自分はとても忙しいはずなのに、いつの間にか相手の状況を把握して気遣《きづか》えるような人だ。玲子は、太一にリーダーシップ研修のことなど一言も話したことがないのに。

「まだ少し早かったみたいだね」

公園の桜の木々を見上げながら太一が呟《つぶや》いた。

「そうですね。すみません」

「いや、歩きたかったし」

太一はまるで満開の木の下にいるようにずっと上を見上げていた。

「明日から、ＯＴ、新しい主任さんが来るらしいよ」

ＯＴとは作業療法士の略である。理学療法士はＰＴだ。

「あ、朱理に聞きました。なんでも、関西の有名な病院から来るって。先生は知っている人？」

太一は玲子の方をチラリと見て、首を振った。

「でも、山根先生は知っているみたいだよ」

「そうなんだ。仲良くできるといいな」

「南さんならできるでしょ。皆、仲良しじゃない」

それは先生が来てからですよ、と言いかけて、慌《あわ》てて口を噤《つぐ》んだ。そんなことを本人の前で話すのは恥ずかしいが、玲子がナースとして理学療法士や作業療法士たちと同じ目標を持って話せるようになったのは、太一がこの病院、蓮田市リハビリテーション病院に赴任してきてからだ。そして、今は黒木《くろき》さおりや朱理、城咲といった心強い仲間の存在が、玲子を支えてくれている。今度は玲子が一面の桜の木をぐるりと見渡した。満開になった頃にもう一度、皆でここに来ましょう。太一にそう告げて、二人は別れた。

　翌日、四月一日、病棟に挨拶に来たまひろの雰囲気は、玲子が知っている療法士のそれとはだいぶ違っていた。セミロングにゆるいパーマ、睫毛《まつげ》が長くてぱっちりとした目元。どこかさばさばとした男性っぽさを感じさせるさおりとは全く違った、女性特有の美しさと言えばいいのだろうか。シンプルに表してしまえば、異性からモテそうな見た目だな、と玲子は思った。

　ただ、印象に残ったのはそれではない。その勝気な笑顔だ。リハビリに関わる人たちの笑顔は、ふんわりと優しいのが特徴だ。普段は笑顔の下手な太一ですら、患者さんの前では柔和な顔をしているものだ。しかし、自己紹介をしているまひろが口元にたたえた笑みは、その華やかさの陰にどこか攻撃性のようなものを感じさせた。

「大迫まひろです。よろしくお願いします」

　朝のカンファレンスが終わった後のナースステーションには、玲子を含めて数名のナースしかおらず、その中では玲子が一番年長だったので、半歩前に出て頭を下げた。

「看護師の南玲子です。よろしくお願いします。病棟のことで何かわからないことがあれば、なんでも声を掛けてください」

「ありがとうございます」

歳はきっと、太一やさおりと同じくらいだろう。だとすると、この病院ではかなり若い主任になる。PTの主任は四十手前だから十歳近く若い。玲子がまひろの洗練された身のこなしに気をとられていると、太一がナースステーションに入ってきた。

「先生、また寝癖ついていますよ」

「あ、ああ」

太一は、自分の頭をひと撫《な》でして、カルテに目を通しているまひろに気づくと、軽く会釈をして話しかけた。

「リハビリ科の小塚です。よろしくお願いします」

まひろは立ち上がって深々と頭を下げた。

「よろしくお願いします。作業療法士の大迫です」

太一は初対面で多くを語るタイプではないし、まひろもそのようだった。玲子は何気なくその二人に向けて話しかけた。

「大迫さんが働いていた病院って、有名な回復期リハビリテーション病院ですよね。日本一の、ってマスコミとかで言われている」

玲子は、昨日太一から聞いた、まひろの元いた病院をなんとなくインターネットで調べていた。そこは確かに、設備が整い、療法士の数も多く、芸能人や有名人が入院するような病院だった。

「すごいですよね。そんな所で働いていた人がうちみたいな病院に来てくれるなんて」

ほんの会話のきっかけのつもりだった。けど、その玲子の言葉に、まひろは体をまっすぐ向け直した。

「え？　私、ここが一番だと聞いて、来たんですけど」

まひろは、玲子の顔と、手帳を見て次の場所に移ろうとしていた太一を交互に見て、言葉を続けた。

「ここが一番じゃないんですか？」

その強い眼力とは違い、その言葉尻は穏やかだった。ただ、そのコントラストに玲子はなんだか見下されたような気になり、でも、その言葉に強く応えるだけの自信までは持ち得ていなかった。

「そういうことはあまり考えたことがなかったですけど」

「うちに入院した患者さんを、一番良くできるのは僕らです。そういうことですよね？」

割って入った太一の言葉に、まひろはその大きな目をさらに大きく見開いて彼の方に視線を向けたが、にっこりと笑い、二回頷《うなず》いた。

「目の前の患者さんにとって一番じゃないと、この仕事はやっていられないんで。僕が、というより、僕らが、ですけど」

「よかったです。私はそのつもりなので」

まひろはそう言い残して、部屋を去っていった。玲子は二人のファーストコンタクトが残した緊張感の余韻をかき消すように、おどけて話した。

「ちょっと怖そうですね」

「そう？　そうだね。確かにうちの病院にいなかったタイプだよね」

異文化との遭遇によって、自分の中に生まれていた拒否感を隠し切れない玲子にとって、全く涼しげに見える太一の態度は頼もしかった。何より、ああいう突然の問いかけを前にすると、自分自身が行っている医療に対し日頃から向き合う準備ができているのかという、誰かから強いられるわけではない、自分の内側への視線の違いが明確になるようだった。

それにしてもだ。太一と堂々と渡り合った、むしろ太一を試すようだったまひろの振る舞いは、玲子に大きな衝撃を与えていた。太一がこの病院に来てから、その役割は太一一人が担《にな》ってきており、逆の立場の太一を、もちろん玲子は見たことがなかった。しかし、今思えば、この初顔合わせで生まれたしこりの種は、消えるどころか大きくなっていくのだった。

「ところで、先生、明日入院の野呂《のろ》悠馬《ゆうま》さんって」

玲子は一足先にあがってきた情報に目を通しながら、太一に声を掛けた。

「中学生だね」

脳出血は一般的には大人の、特に高齢者に多い疾病ではあるが、若くして起こる時もあるのは玲子も知っていた。ただ、未成年の患者さんを実際にこうして受け持つのは初めてだった。

「脳動静脈奇形からの出血だって。発症直後は意識障害もあったみたいだけど、今ははっきりしているみたい。ただ、手の麻痺が重い」

脳動静脈奇形は一種の血管の奇形だ。身体の血管のうち、心臓から出た動脈は体の隅々まで巡って毛細血管となり、そこで酸素や栄養を組織に与え、静脈となる。しかし、脳動静脈奇形では動脈が異常な血管の塊《かたまり》を通って直接静脈と繋《つな》がっている。通常は無症状だが、けいれんで発症する時もあるし、その血管の塊は出血しやすいので悠馬のように脳出血で発症することもある。

「中学三年生ですよね。受験とかもあるのに……」

年齢にかかわらず、全ての患者さんにはそれぞれの事情や背景があるのだけど、自分より年下の患者さんというのは少し見え方が違うのもまた事実だった。自分が当たり前のように通ってきた道は、彼にとってそうではなくなってしまうということを意識すると、玲子の心にはこれまでとは違う不安が広がっていった。しかし、それなら自分が精いっぱい彼のリハビリに関わって、彼のこれからの生活をよくしたいと思えるようになったのは、玲子がその不安を原動力に変える技術を身につけたのか、それとも少しずつ芽生えてきたリハビリナースとしての自信なのか、自分でもまだわからなかった。

翌日、悠馬は両親に付き添われ、車いすに乗って転院してきた。頭部に見えた手術創が前の病院での治療の壮絶さを物語っていたが、逆に言うとそれ以外は外見から、大病を乗り超えてきたと感じさせる跡はなかった。目には力強さを十分に取り戻していたし、おそらく活発な学生だったことは日に焼けた肌の色から想像がついた。荷物の整理が一通り済むと、主治医になる太一から入院に関する説明が始まる。玲子は、三人を面談室に案内すると、いつものように同席し、太一の話を聞いた。

「はじめまして。この病院で野呂悠馬くんの主治医になります小塚太一です」

何回も見てきた太一の姿は、今日も何も変わらなかった。

「前の病院の治療、大変でしたね。ご両親もさぞ心配されたと思います」

悠馬は一度生死の境を彷徨《さまよ》っている。優しそうな悠馬の両親からは、リハビリ病院に転院するまでこぎつけた安堵の色が浮かんでいた。ここに来るということは、少なくとも、生命にとって一番危険な状況は脱したということだ。

「情報はお手紙でいただいております。脳の手術の後の経過も順調で、リハビリに専念できるところまで落ち着いています。これから、この病院では主に手足のリハビリを行っていきます」

太一が悠馬と両親に交互に視線を送ると、悠馬が大きく頷いた。

「歩くのは前の病院でだいぶできるようになりました。最初は右足全体を装具で支えていたけど、今は、この短い装具で歩けます」

意識が回復してから、長下肢《ちょうかし》装具という膝と足首を両方固定する装具を用いて、立つ練習や歩く練習を開始したが、だいぶ足の動きが出てきたため、今、悠馬が履いている短下肢装具、足首だけを支える装具に変更したことが、前の病院の理学療法士からの申し送りに書いてあった。

「元々、運動は好きな子でしたので、飲み込みも早いと褒《ほ》めていただいておりました。ただ、右手の方が」

悠馬の右手は、車いすに座った膝の上にそっと置かれていた。その手の置かれ方から麻痺があるのを予見できるのは、自分がそのような患者さんをたくさん見てきたからであることを玲子は知っていた。悠馬の右上肢は、本来持っていたはずの筋肉そのものが発する力感が弱まり、本人の意図しない脱力を感じさせた。

「手のリハビリは作業療法で重点的にやっていきます。今、どのくらい動きますか？自分の胸まで上げられますか？」

悠馬が目一杯力を入れても、右腕は自分の胸の高さまで上がらなかった。肘《ひじ》は曲がり、指はぎゅっと握り込まれたが、今度はそこから緩《ゆる》ませることが難しいようだった。太一は悠馬の肘と指をストレッチするようにしながら、その手を彼の膝の上に戻した。その様子を見て、玲子は前の病院からの情報通り悠馬の上肢の麻痺は重度であると感じていた。どのくらいの回復が見込めるのか、見通しは厳しいように思った。それを察してだろうか、悠馬も、両親も、手の麻痺の予後のことを太一に尋ねようとはしなかった。

悠馬のリハビリ担当は、理学療法はさおり、作業療法は朱理になった。入院の翌日の朝、二人はナースステーションに来て、悠馬のカルテを熱心に読むと、先に口を開いたのはさおりだった。

「良い形で学校に、生活に帰さないとね」

さおりの、普段と変わらない強い眼差《まなざ》しとは対照的に朱理のそれはどこか自信なげだった。

「体調悪いのかな？」

朱理は控え目な性格ではあるけど、患者さんのことにはいつも前向きな姿勢を崩さないので、それをよく知る玲子には今朝の朱理は心配になるのだった。

こうして始まった悠馬のリハビリの日々は、蓮田市リハビリテーション病院の風景を少しだけ変えた。それは悠馬自身というよりは、同じ病気になった中学生がそこにいる、という事実が、入院している患者さんに影響を与えた、と言うべきかもしれない。誰でも病気にはなりたくないし、まさか自分がなるとも思っていないし、だから、ここにいる患者さんは皆、自分は不運だという気持ちがどこかにはある。しかし、その病気を自分よりも相当若くして患《わずら》った人が目の前にいると、自分の境遇が違って思えるようになってくるのもまた人情だった。

もちろん、入院している患者さんの全てがそうではなかったし、むしろ、苦しいリハビリに耐えうる体力のある悠馬の若さを羨むような人もいないわけではなかった。が、彼に対しどこか哀れみを持って接する人の方が多かったのは事実だ。中には、

「あなたは可哀想ね。頑張んなさいね」

と直接、悠馬に声を掛ける高齢の患者さんもいるほどだった。それに対し、悠馬が気に

留める様子もなく、笑顔で頷いているのが救いではあったのだが。

　既に回復の勢いに乗っていた悠馬の足の回復は早かった。足首の動きがまだ不十分ではあったけれど、股関節や膝関節の動きがスムーズさを取り戻し、装具さえ目に入らなければ、足を引きずっているようには見えなかったし、実際、理学療法の時間の中では、さおりは足の装具を外して歩く練習も開始していた。

　一方、朱理の作業療法は難渋していた。右肩の動かせる範囲が広がってきているのは目に見えてわかったが、手先の動きの回復は停滞していた。玲子が病棟で悠馬を見ていても、右手をほとんど使っていないのがわかった。握ること、放すこと、摘《つ》まむこと、というのができないと、日常生活では手が使えない。そうすると、どうしても誰かが手伝わないといけないことが多くなる。玲子はこの日も、悠馬の朝の着替えを手伝っていた。ボタンのシャツはまだ難しいので、かぶりのシャツを着ているが、それでも右腕を通すのにはまだ少し介助が必要だ。ただ、左手を多く使えば、悠馬はほとんど自分の力で着替えができるようにはなってきていた。

「上手になりましたね」

　いくら年下でも、患者と看護師だ。いきなりため口というのもどうだろうと、玲子には妙なこだわりがあって、他の看護師とは違い、悠馬に敬語で接していた。

「はい、そうですね」

自分が線引きしておいて言うのもなんだが、悠馬はとても接しやすい中学生だった。玲子も含めた看護師や、療法士のさおりや朱理とも適切な関係性を構築できていたし、毎日見舞いにきている母親とも、そんなに多くの言葉を交わすようには見えないけど、感謝の気持ちを持って接しているのは傍から見ていてよくわかった。そんな悠馬だから、やっぱり玲子も、なんでこんな良い子が病気になんて、という思いを、その麻痺の強く残っている彼の右腕を見ながら抱かずにはいられなかった。

その日、日勤の勤務が終わると、玲子は作業療法室に向かった。その奥にある控室の中で、座ってカルテを書いていた朱理の肩を叩くと、彼女は振り向いて玲子を確認し、小さく微笑《ほほえ》んだ。

「どうしたの？　仕事終わった？」

「うん、今日は早くね。ところで、悠馬君の手のリハビリ、どんな感じ？」

空《あ》いていた隣の席に腰掛けながら玲子が問いかけると、朱理の表情にゆっくりと影が差していくのがわかった。

「難しいね。近位は動くようになってきたけど、遠位がね」

近位とは肩や肘のことで、遠位とは手首や指のことである。いつも朱理と話しているうちに、玲子もいつの間にかその独特な言い回しに慣れてきていた。

「指の伸展《しんてん》がね、出ないんだ。そうすると実用手《しゅ》は厳しいよね」

手に麻痺のある患者さんの場合、治りやすい動きと治るのが難しい動きがある。指の場合は、握る方の動きは比較的回復しやすいのだが、指を伸ばす能力を取り戻すのに難渋することが多い。そして、もし握れても放せなければ、その手は使えない。玲子は、今朝行った悠馬への介助を思い出していた。悠馬は着替えのほとんどの動作を左手一本でやろうとしていたのだ。

「彼、早く学校に帰してあげないといけないし、受験もあるだろうし。利き手交換も早めに考えないといけないのかな」

朱理はそこまで言うと、ごめん、と言って席を立ち、口を押さえながらその場を去った。その仕草を見て、やっと朱理の表情が冴えない理由を悟った玲子は、気が利かない自分に恥ずかしくなった。

「大丈夫？　悪阻」

しばらくしてから戻ってきた朱理の顔は幾分血色《けっしょく》を取り戻していたが、普段のあの周りまで染める蒲公英《たんぽぽ》のような明るさは影を潜《ひそ》めていた。

「うん、ごめん、大丈夫」

その表情を見て、玲子はさすがに今日はこれ以上話すのは止めておこうと思い、席を立つと朱理の背中を擦《さす》りながら声を掛けた。

「朱理も無理しないでね。お腹、大切にしてよね。私の大事な初孫なんだから」

「なにそれー。玲子、いつから私のお母さんになったのよ」

気づけば、この日初めて見えた朱理の白い歯に少し安心し、同時に嬉しくなって玲子は言葉を続けた。

「でも、本当に、初めて姪《めい》っ子、甥《おい》っ子が生まれてくるような気持ちだよ。だから、ちゃんと身体《からだ》、大切にしてね。こういう時は支え合いなんだし」

「ありがとう」

玲子は、まだカルテを書き終わらなそうな朱理を引き留めてしまわないように、その部屋を出ると、小さなため息が一つ出て、その理由を自分でもわからずにいたのだった。

翌日も、玲子は悠馬の担当だった。この日は悠馬のもとには何人か友人が来ていて、リハビリの時間以外も彼らと一緒に病棟の外にいることが多かったので、玲子がゆっくり話せたのは夕方になってからだった。

「今日のリハビリ、どうでした？」

「頑張りましたよ。友達が来てくれたから一緒にたくさん歩いたし。あ、あと」

悠馬は笑顔で意外な言葉を告げた。

「作業療法、違う人がやってくれました。大迫さん、だったかな?」

朱理、休んだんだ。昨日の様子では、確かにとても体を動かすのは難しいだろう。リハビリは、する患者さんも、指導する療法士も肉体労働だ。

「どうでした?」

朱理を心配しながら、若干上の空で尋ねた玲子に、悠馬は殊更《ことさら》笑顔で答えた。

「怖かった」

まひろの勝気な表情が、玲子の脳裏に浮かんだ。そして、患者さんに、しかもまだ中学生の悠馬にそう言わしめるまひろを、まださほども関わっていないとは言え、玲子が恐れるのは当然だと自分自身で妙に納得していた。

それから、朱理は時々、仕事を休むようになり、そのバックアップとして代わりに悠馬を担当するのは上司のまひろになっているようだった。休みがちな朱理の状況から、実際の悠馬のリハビリの頻度としてはまひろが行う方が多くなっていたが、やはり玲子としては朱理との方が話しやすい。玲子は、朱理と相談して、病棟生活の中で、左手、つまり麻痺の無い方の手で字を書く練習を始めることにした。悠馬は今年受験生だ。字を書くということには差し迫った必要性があるし、その練習ならリハビリ以外の時間で病棟でもできる。朱理も、早く学校生活に戻してあげたいと、強い表情で話していた。

玲子が、リハビリの空いている時間に左手で書く練習をしましょうと悠馬に話すと、彼は笑顔で頷いた。

「字が書けないんで、って言い訳して、テストとか免除にしてもらおうと思っていたのに」

これまでも病棟でそのような練習をすることはあったため、玲子は特に気に留めていなかったので、その数日後にまひろが明らかに怒気を含んだ表情で昼休み明けのナースステーションに乗り込んできた時に、どうして彼女が怒っているのかわからなかった。

「南さん、あなた、野呂悠馬さんの担当よね？」

まひろの圧力に戸惑いながらも、玲子はなんとか頷きながら答えた。

「ええ。そうですけど」

「なんで、利き手交換やっているの？」

「利き手交換？」

昼休み明けは、その日に勤務している看護師全員でカンファレンスを行う時間なので、玲子以外のみんなは円卓に座って、カルテを開いたり、自分用のメモ帖を開いて午後の業務内容を確認したりしながら、その開始に備えていた。彼女たちには部屋の離れたところで話す玲子とまひろの会話は、おおよそは聞こえているはずで、いずれにしても玲子が戻ってこないとカンファレンスが始められないので、なんとなく見守られているような感じだったが、まひろはそのようなことを気にする素振りも見せず、整った眉をひそめて、小さくため息をついた。

「左で字を書く練習をしているんでしょ？」

「あ、はい。ええ。それが何か問題でも？」

「誰の許可でそんなことしているの？」

許可？　病棟で字を書く練習をするのに、許可が必要なのか。玲子は初めて言われることに最初はただ戸惑っていたが、その言葉を反芻《はんすう》しているうちに、自分の中におよそ仕事中には相応《ふさわ》しくない感情が込み上げてきて、幾分大きな声で答えた。

「朱理、深沢さんとは相談しました。それ以外に誰かの許可が必要ですか？」

まひろは、小さく一つ頷いて、それでも表情は変えなかった。

「深沢さんと話しているのね。なら、まだいいけど」

自分の大きく冷たい鼓動が頬《ほお》を赤く火照《ほて》らせているのがわかった。その相反する不思議な感覚の中で、玲子が忘れかけていた呼吸を一つついた時、まひろは口を開いた。

「これからは私に言ってもらえますか？　リハビリのやり方に関わることなので。深沢さんは、ご存じの通り、今、休みがちなので、私の方が野呂さんの状態を把握していますし。こういう行き違いがあるといけないから、今日から正式に担当を変えることにします。今後はよろしくお願いします」

そう言って、まひろが立ち去ろうとしたのを玲子は思わず呼び止めた。

「え、ちょっと待ってください。朱理と話もせずに、担当変えるんですか？」

「今でもほとんど私がやっているし、実質的には変わらないですよ」

まひろは、玲子に呼び止められたことに少し驚いたようだったが、それだけ言い残して、今度こそ部屋を出ようと振り返った。その手を玲子が摑《つか》んだのは、悠馬のリハビリのことで思い悩む朱理の表情が思い浮かんだからだった。

「朱理の、深沢さんの話を聞いてからにしてください。彼女は一生懸命、悠馬君のことを考えているのに、突然、担当外されたら可哀想じゃないですか」

玲子を見るまひろの目は、ナースステーションに入ってきた当初と違って怒っていなかった。むしろ、先ほどまでは過剰なまでの圧力を纏《まと》っていたまひろの視線が、もうその役割を終えたかのように、ただ本来の、玲子を見るだけのそれに変わっていた。

「一生懸命考えるのは当たり前でしょ。私からしたら、可哀想なのは彼女じゃなくて、野呂さんです」

もはや一向に戻ってこない玲子にしびれを切らして、向こうではカンファレンスが始まっていた。早く戻らないといけないとわかってはいたが、そうするにはまひろの言葉は玲子にとって衝撃的過ぎた。問い返すことすらできずに、玲子は続けざまに浴びせられるまひろの言葉を聞くだけだった。

「どうして、あなたたちは左手の練習を始めたの？　野呂さんの右手は今どのような状態だかわかっている？」

まひろは、玲子を一瞥《いちべつ》して言葉を続けた。

「筋活動が出始めていることすら判断もできないなら黙っていて。あと、あなたたちの仲良しごっこに患者さんを巻き込まないで」

玲子には、もうまひろを引き留めることはできなかった。

翌日も勤務だった玲子のもとを、申し訳なさそうな表情で朱理が訪れたのは夕方遅くだった。

「朱理、今日は体調大丈夫なの？」

朱理はそれに直接答える代わりに頭を下げた。

「ごめんね、私が休みがちなばかりに迷惑をかけちゃって」

「迷惑なんて、そんな」

日勤の同僚はほとんど帰っていたし、準夜勤の看護師はそれぞれの受け持ちの病室に出払っていたので、ナースステーションには二人だけだった。玲子も仕事自体は終わっていたのだが、昨日まひろに言われたことが気になって、ぼんやりとしてまだ帰れずにいた。

「大迫主任とさっき話してね、受け持ち患者さんをだいぶ減らしてもらうことにしたの。患者さんにとっても、私が中途半端に関わる方が良くないのは確かだし」

「それは、朱理の希望なの？」

微笑みを絶やさない朱理から、それでも奥の方に隠された無念さを玲子が感じられるのは、きっと付き合いの長さからだろう。日が延びてきているこの季節は西日が部屋に差し込んでセピア色に辺りを染めるのだが、徐々に戻ってくる蛍光灯の白い光の確かさがもう夜が近づいていることを知らせていた。

「そうだね。半分は」

「主任さんから言われたの？」

ほんの少しだけ間を置いて、朱理は頷いた。

「甘いって言われたよ」

それを聞いた玲子の中にはまひろから言われた言葉がグルグルと回り、それはうまく吐き出せるなら内側に溜《た》めておきたくはないものだということを、確かに自覚していた。

「甘い?」

「体調悪いのはわかるけど、それは患者さんにとっては関係ないし、患者さんが麻痺を治せる期間は今しかないのに、中途半端に関わるのはその患者さんの人生を狂わせるって。大迫さんの言う通りだよね」

確かに正論だった。でも、玲子にはその言葉は、あまりにも冷徹で無機質に感じられた。

「私は納得いかないよ。朱理は中途半端だったとは思わないし、体調悪いのに一生懸命患者さんに向き合ってきたじゃん。きっと、悠馬君だって、朱理のリハビリ受けたいと思っているよ。私だったら、大迫さんより朱理のリハビリを受けたいと思うよ。リハビリって辛いから、朱理みたいな優しい人に教わりたいよ。それにリハビリってチームワークが大事なのに、仲間のことを思いやれない人が治せるわけないよ。一人でやっているんじゃないんだから」

捲《まく》し立てる玲子の顔を珍しそうに、でも優しい眼差しで覗いていた朱理は、玲子の肩を二回叩いた。

「ありがとう。玲子にそう言ってもらえるのは嬉しいよ。悠馬君のこと、よろしくね。メインじゃなくなるけど、私もできるだけサポートするから。早く悪阻が落ち着くといいんだけどね」

そう言って立ち去る朱理の後ろ姿の健気《けなげ》さに、玲子はそれ以上の言葉を掛けられず、ただ見送るしかなかった。


今でも物珍しがられるリハビリテーション科医師という職業だが、自分と内科の医師の仕事が、そんなに大きく違うとは太一は思わない。内科の医師が患者さんを診察し、薬を処方し、その効果をまた診察で確認するように、太一の仕事も今行っているリハビリテーションがどれくらい効果があるのか、患者さんを正しく改善させているのかを評価することである。

悠馬の足の動き、歩き方、手の動き、緊張の程度、感覚などを入念に診《み》てから、太一は悠馬を検査室に連れて行き、指を動かす筋肉が動いているかどうか、筋電図という検査で確認した。筋肉の表面に張り付けた電極が、筋肉から発せられる微細な電気を拾う仕組みである。

「この波、見える？」

「はい」

「これが野呂君のこっち側の指を動かす筋肉の活動なんだ。まだ弱いから本当に指を動かすまではいっていないけど、でも、確かに動き出している」

モニター画面に映る波形を見せながら、太一は半分驚いていた。彼の年齢やリハビリへの適応力、比較的感覚機能が良いことを考えれば、手の麻痺が治ってくる可能性はゼロではなかったが、入院した時の麻痺の重さやそれまでの経過を考えたら、やはりこの時点での悠馬の改善は予測以上だった。

これが、内科とリハビリ科の違いで、自分が内科だったら、自分が出した薬が自分の予想以上の効果を出してくることは極めて稀《まれ》で、想定通りに効くか効かないかの二択であるが、リハビリの場合は時々、自分の見立てよりも大きく改善することがある。そのために、太一自身が知恵を絞ることは大前提としても、それを超えてくる大きな原動力は、患者さん本人と、療法士であることは確かだった。特に、今回はまひろの力の貢献が大きいことは、太一の目には明らかであった。

太一が一通り仕事を終えて、作業療法室に向かったのは、二十時を過ぎていた。日中はたくさんの患者さんと療法士で賑《にぎ》わう部屋も、この時間には明かりが消え、大きなスペースだけが暗闇の中にぼんやりと浮かび上がっていた。その奥にある控室のドアの窓からは光が漏れていて、太一がそのドアをゆっくり開けると、中にはまひろが一人、机に向かっていた。手元には英語で書かれた数編の文献があり、ゆっくりと顔をあげた黒縁の眼鏡《めがね》越しの視線は、そういうことに無《む》頓着《とんちゃく》な太一ですらはっきりと自覚するくらいの寄り付きにくさを感じさせた。

「お疲れ様です。誰かに用ですか？　私以外は帰りましたよ」

「いや、大迫さんと話がしたくて。野呂悠馬君のことで」

「あ、先生にはご報告遅れましたけど、彼の担当、正式に私に変更になりましたので」

「はい、知っています」

　太一がまひろと患者さんのことを話すのは初めてだった。太一が、自分の患者さんを受け持つＰＴやＯＴ、ＳＴ（言語聴覚士）と話をするのは日常的なことだったし、そうやってリハビリの進み具合を知ることは、患者さんを診察することと同じくらい大切なことだ。しかし、まひろとはそれができていなかったことは、朱理の体調不良という偶発的な要因で担当が変わったせいだけではなかった。太一はこれまで何回か、療法室やナースステーションでまひろに声を掛けようとしてきたが、彼女はそれに気づかないようにふるまい、会話のきっかけを与えなかった。少なくとも、太一の目にはそう映ったのだ。

今も、この沈黙の中にある張りつめた空気は、まひろから発せられる拒否感のように思え、彼女から口を開くということはなさそうだった。

「野呂君の手、良くなっていますね。正確には良くなる可能性が出てきましたね」

「ええ」

まひろは眼鏡を外すと、にこりともせずに答えた。

「彼の麻痺を良くするのが私の仕事なので」

入り口に立つ太一と机二つ分離れた自分の席に座るまひろの距離は三メートル近くあり、お互いそれ以上近づこうとはしなかった。

「さっき、筋電図で総指伸筋《そうししんきん》の筋活動を確認してきました。活動が出始めていました。しかも、あまり屈筋群《くっきんぐん》の共収縮を出さずに、伸筋だけが活動していました」

脳卒中後の麻痺の場合、指を伸ばすことが難しい。その一つの理由は指を伸ばす筋肉自体が麻痺をしているためでもあるが、もう一つの理由は指を伸ばそうとする時に誤って曲げる方に力が入ってしまうからだ。脳からの回路が一度混乱をした結果、曲げる方に強く作用するようになってしまうのだが、先ほどの悠馬の検査では、その曲げる方の筋肉の過剰な活動があまり見られなかった。それは太一からすると、また一つの驚きでもあり、それは紛《まぎ》れもなく、まひろの作業療法が適切な効果を上げている証明だった。

「リハビリ科のドクターってすごいですね。そんなこともわかるなんて」

まひろの表情から硬さが少しだけ消えたので、その言葉が皮肉なのかどうか、太一にはわからなかった。

「前の病院にはリハビリ科の医者はいなかったので、そんなことまで見てくれる人はいなかったですね。脳の画像のことや、薬のことはよくわかる先生たちでしたが」

回復期リハビリテーション病院でも、太一のようなリハビリ専門医はいない所も珍しくはない。その場合の多くは、内科や脳外科の医師が主治医となっている。それは、まひろが前に勤めていたような有名な病院でも例外ではない。

「リハビリ専門の先生ですから、わかっているんでしょ？　なんで、野呂さんの手が良くなっているか。先生、リハビリもよく見に来ていますし。そんなお医者さんも前の病院にはいませんでしたが」

朱理が有能なOTであることは長い付き合いでわかっていたし、実際に朱理の作業療法とまひろのそれは本質的にはあまり変わらない。しかし、まひろの治療は徹底していた。一日の作業療法を始める際の、麻痺《まひ》肢の緊張のコントロール一つとっても、指の治療を行うためにそれ以外の部位、首や肩、肘まで念入りに行って最も良いコンディションにしてから本格的なリハビリを開始するし、何より悠馬のどんな変化も見逃さないと改善の兆《きざ》しを自分の手先から感じ取ることができた。そして、少しの変化、いう強い意思が感じられた。そして、少しの変化、ると、また徹底してそこに刺激を与えていった。

「わかっていると思いますよ。大迫さんの狙いも。だから、一応確認したくて。彼の右手、実用手を目指すつもりだよね？」

リハビリの世界では、手の麻痺の重さを大きく三段階に分類する。廃用手とはほとんどその手は使えない、最も重い麻痺のこと、補助手はその手だけではまだ使いにくいが、物を押さえたり、短時間保持したり、サポートのためには使える手、そして実用手は文字通り普段の生活において十分に使える手である。今、悠馬の手は廃用手なので、まひろは二段階上げるつもりでやっているのを太一は知っていた。それは簡単なことでは全くないのだが、彼女の悠馬へのアプローチはそうなのだ。

まひろは、太一の言葉に直接は答えなかった。ただ、彼女がなぜ、そんなにも周りとの関係を拒絶するのか、もちろん太一はまだ知らなかった。

「先生の、リハビリ専門のドクターの仕事ってなんですか？」

まひろの視線から、自分が試されていることを感じ、それはよく考えたら、初めて言葉を交わした時からずっとそうだったことに太一は今さら気づいた。

「なんだと思います？」

「わかりません。けど、少なくとも、私には不要だと思います」

面と向かって自分の価値を否定されているのに、太一はなぜだかとても冷静だった。苛立つどころか、むしろ少し懐かしいような気持ちにもなり、だからだろうか。まひろは太一の顔色を窺《うかが》うこともなく、言葉を続けた。

「前の病院でも、別にリハビリ専門の医者がいなくて、困ったことはありませんでした。むしろ、医者がリハビリのことをわかっていないから、やりやすかったのかもしれません。おそらく、私のやるリハビリに口出しすることはできなかったでしょうから」

「そうですか」

まひろは太一の方を向いているようで、そうではなかった。淡々と、でも時に感情を込めて語りかけるまひろが、全く自分の方を向いていないことを太一は悟っていた。

「なんで、この病院の人たちは、治せるかもしれない麻痺を諦《あきら》めるんですか？　ただの力不足なら、自覚してもらわないと困るし、ましてやこっちは治そうとしている途中で利き手交換とかされたら迷惑です」

その後に訪れたほんの短い沈黙は、会話が太一の番であることを意味していた。しかし、太一は何を話せばよいのか、迷っていた。

「利き手交換の件は、一度止めるように話します。ただ、患者さんを良くしたいという思いはみんな同じなわけだし、治療する側が、同じ目標に向かわないとうまくいきません。大迫さんも正式に担当になったことですし、一度、南さんや黒木さんとカンファレンスをしませんか？」

「結構です」

間髪容《かんはつい》れずに答えたまひろは、今度は太一をしっかりと見据えた。

「この前、少し南さんとも話しましたが、志が違うものが話し合っても有意義な時間になるとは思えません。野呂さんを治せるのは私なので、私のやり方についてくるべきだと思います。別に自分が偉いとは思いません。ただ、野呂さんを治すことを本気で考えたら、チームぶって話し合って妙な妥協をさせられる方がよっぽど怖い。話し合うなら、せめて私と同じレベルまで来てからです。先生は、病棟が変なことをしないように見張っていてもらえますか？　せっかく良い方向に向かっているのに、変な動きのパターンを助長させるようなことをされたら困るし、もちろん、左手ばかりを使うようになっても困ります。わかりますよね？」

まひろは、そこまで言うと、席から立ち上がり、持っていた文献の端を机の上でとんとんと揃え、鞄《かばん》にしまった。

「失礼なことばかり申しましたこと、お詫びいたします」

まひろは太一に一礼をすると、帰り支度を始めた。それに促《うなが》されるように、太一は一度振り返ったが、もう一言だけ付け加えた。

「話さなくてもいいので、南さんの、野呂さんのカルテの記載を読んでください。それは、多分大迫さんの作業療法を組み立てるうえでも重要なことなので」

まひろが頷くのを確認して、太一は部屋を後にした。

太一が医局に戻ると、共用のソファに人影が見えた。よく見ると、山根だった。

「先生、どうしたんですか？ こんな時間に」

「ん、ああ、ちょっとな」

山根は缶コーヒーを二本買って帰ってくると、一本を太一に渡した。

「ご馳走様です」

「コーヒーくらいで大袈裟《おおげさ》だな」

一息に半分くらいコーヒーを飲み干すと、太一の中にあったさっきまでの重苦しさが少し薄れ、何気ない口調で山根に尋ねた。

「なんで、彼女を引っ張ってきたんですか？」

「彼女？」

「大迫主任」

「ああ」

山根はにやりと笑って、太一の顔を覗き込んだ。

「良い刺激になっているだろ？」

「まあ」

太一と山根は不思議な関係だ。どちらも普段は口数が多い方ではないし、無駄話をするタイプでもない。なので、太一が山根と話すのは仕事の相談の時だけなのだが、その決して頻繁ではない会話の中からでも、実は山根が関心なさそうにしながらも、太一のことや病棟のことに目を配っていることを理解でき、太一は山根のことを信頼していた。

「良いチームが成長するには、刺激が必要だからな」

「成長どころか、空中分解するかもしれないですよ」

カンファレンス、同じテーブルで話すことすらできないチーム。太一が自分で言いながら苦笑いすると、山根はそれを可笑《おか》しそうに見ていた。

「そうしたら、また作ればいいじゃないか」

「まあ、そうですけど」

太一は、缶の残り半分を、一気に飲み干した。

「彼女にとっても、お前らとやることは良いだろう。みんなにとって良いことずくめだ」

まひろにとっても？　さっきのやり取りの後では、そんな風にはどうしても思えず、太一は思わず山根に質問した。

「どうして彼女だったんですか？　刺激が必要というのは理解しますけど」

山根はゆっくりと立ち上がると、空き缶をごみ箱に捨てた。カシャンという乾いた音が部屋の中に響いた。

「お前と似ているからだよ」

「え？」

「似ているよ。辛《つら》そうな顔して働いているところが」

そう言い残して、山根は部屋を後にした。


その日、玲子は準夜勤だった。夜八時を過ぎると、医師や療法士も徐々に病棟から姿を見かけなくなっていき、病棟で働いているのは玲子を含めた看護師のみになる。ほとんどの患者さんも自分の病室に戻るので廊下は閑散とし始めていた。

玲子は、いつものように患者さんの寝る前の身支度や、薬を配る業務に追われていた。日勤帯よりも少ない看護師で行うので準夜勤は忙しくて、余計なことを考えている暇はなかった。けど、ふと立ち止まると、何とも言えない心の重さを自覚して、普段ならぐに動き出せるところでも、足が前に出ないような感覚があった。そして、それは久しぶりのように思った。

仕事が楽しくないということではないにせよ、そういった類の感情に悩まされることは最近少なくなっていたのだと、玲子は改めて気づいた。自分の周りには、太一や朱理、さおり、城咲たちがいて、何か問題があっても一人で抱えないといけないことは減っていたのだ。

「一人分やれれば十分」

かつて太一に言われた言葉は、今も玲子の心の引き出しの中にあった。自分は看護師として、そのチームの中に居場所を確保していたと思っていた。逆に言えば、自分はその人たちに支えられて働いてきたのだ。

「朱理、大丈夫かな」

自分だけのことだったら、玲子はきっともっとまひろの言うことを受け入れられたのだと思う。玲子自身は、まひろのように強くないし、事実、これまでもいろんな人の言葉に影響されてきたのだから。しかし、玲子が今回なぜこんなにまひろに拒否反応を起こしているのかと考えれば、自分ではなく、仲間を否定されたからだ。それは玲子にとって、自分のことを否定されるよりもずっと看過《かんか》できないことだった。

玲子がカルテを書くためにナースステーションに戻ると、そこにはまひろがいた。一瞬たじろいだ玲子を尻目に、まひろは悠馬のカルテを熱心に読んでいた。カルテを書いている玲子とカルテに目を落としているまひろ。同じ空間にいる二人が言葉を交わしたのは、まひろが悠馬のカルテを閉じ、ラックに戻した時だった。

「夜勤、お疲れ様です」

「大迫さんこそ、遅くまで大変ですね」

「いえ、会議とかがあると、患者さんの情報を取れるのがこの時間になってしまって」

玲子は何かをまひろに伝えたいと思っていたが、いざこうして彼女を目の前にすると、自分の意気地《いくじ》のなさだけがむくむくと顔をもたげてきて、何も言えなかった。仕方なく次の患者さんのカルテを書こうとした時に、もう一度まひろが口を開いた。

「この前はすみませんでした。言い過ぎました。正確には、ちゃんと伝えるためには不適切な言い方でした」

「いや、そんなこと」

「いえ、同じ作業療法士である私と深沢さんの間ですら、治療に対する考え方の違いがあるのだから、ましてや職種の違う南さんに、理解を求めるのは間違っていました」

まひろの淡々とした、しかし反論の余地のない物言いに、玲子はやはり聞くしかなかった。

「リハビリには、いろんな目標があります。もちろん、早く社会復帰させることは目標の一つです」

まひろから、この前話した時ほどの威圧感も、自分に対する「見切り」のようなものも感じられなかったので、玲子は少し不思議な気持ちになっていた。

「ごめんなさい。あなたの野呂さんのカルテを見て、南さんが本当に彼を早く学校生活に戻したいんだということがわかりました。だから、ちゃんと説明すべきだと考え直したんです」

玲子は、目の前のまひろから、なんだか懐かしい雰囲気を感じていた。しかし、それがどうしてなのか、まだ全くわかっていなかった。

「でも、私は、やはり南さんや深沢さんのやり方は間違っていると思います。ご飯を食べる、字を書く、着替えをする。もちろん、左手でもできるようにはなるでしょう。その方が早いし、現実的かもしれない。でも、それがリハビリだとは、治療だとは、私は思いません。彼の右手を、極限までよくするのが私の仕事です。それが最も優先されるべきだと思います」

「それはわかります。でも、それが難しい場合は、健側の練習をするしか仕方ないし、それもリハビリじゃないんですか？」

朱理とまひろのスタンスの違いは、こうして言葉にしてしまえば明確だった。患者さんを、野呂悠馬を良くしたいという気持ちは一緒なのに、何を良くするかが違うのだ。

「そこのプロは私なので、私に判断させてください」

その言葉に冷静に反応できるほど、玲子の考えは成熟していなかった。自分がこれまで、自分なりに全力で取り組んできたやり方を、そう簡単に覆《くつがえ》されるわけにはいかないと思っていた。それは玲子だけの問題ではないのだ。太一や、さおりや、そして何より、今は悠馬のリハビリを自分の手ではできない朱理のことを考えたら、ここだけは引き下がってはいけないと思えてくるのだった。

「それは、違うと思います。それはみんなで話し合って、最後には小塚先生が判断することだと思います」

「小塚先生とは話しました。多分、ご納得されていると思います。少なくとも、野呂さんに関してのことは」

その言葉は、玲子にとっては何より重かった。そして、まひろがそのように思っていないであろうことが、ますます玲子の勝ち目のなさを物語っていた。

まひろが立ち去った後、玲子は一層重くなった腰を上げて、ラウンドに向かった。病院の消灯時間は早い。蓮田市リハビリテーション病院のそれは二十一時だった。廊下も小さな非常灯だけが灯され、病室もメインの照明は消される。それでも、カーテンに仕切られた各々のベッドでは、スタンドライトを点《つ》けて起きている患者さんもいた。玲子たちは手分けして全ての患者さんのもとに出向き、その安全を確認すると、玲子は最後に悠馬の入院している個室に向かった。

ノックをしてから、そっと扉を開けると、病室の中はまだ明るかった。悠馬はベッドに腰掛けた状態でサイドテーブルに向かっていた。

「練習していたの？」

玲子の問いかけに、悠馬はなぜだかバツが悪そうに笑った。

「ごめんなさい」

「謝ることじゃ、ないよ」

悠馬の右手には柄《え》の太いマジックが握られていて、テーブルの上には彼が書いた、まだ字とは言えないたくさんの線が残っていた。

「このくらいの太さの物でなら書けるようになってきていて。細いのはまだ無理だけど」

「すごいじゃない。すごいよ」

悠馬のできることが増えていくことは、玲子にとって本当に嬉しいことだった。

「でも、そろそろ寝ないと」

悠馬は頷いて、マジックを置くと、左手で右手を揉《も》み始めた。そして、その手をじっと見ながら、そっと話し始めた。

「こっちの手、使えないかもって思っていたけど、もしかしたら、できるかなって」

悠馬の表情は不安そうでもあり、前向きな希望に満ちているようでもあった。その二つの入り混じった空気が部屋の中に満ちていて、玲子はそれを強く感じられるように大きく息を吸い込んだ。

「大迫さん、怖いけど、大迫さんのリハビリ受けた後は手が動きそうな感じっていうのがわかるんです。あ、右手がもう少ししたら動くなって。それはすごく嬉しいことで。僕、まだ右手良くしたいんです。無理なら諦めるけど、でも、出来そうな感じ、あるんです」

そう言って横になった悠馬の部屋の電気を消して、その部屋から出ると、暗い廊下を戻る自分がうつむき加減なのを玲子は自覚していた。

「あの人に負けた？」

悠馬の希望の言葉は、玲子を勇気づけながら玲子を責めているように思えてきて、でも、今、悠馬に希望を与えられているのはまひろだということは認めざるを得なかった。

すると、あの最初の頃のまひろの厳しい口調が、否応なしに玲子の中に蘇《よみがえ》った。

「筋活動が出始めていることすら判断もできないなら黙っていて」

太一に相談したい、と玲子は思ったが、小さく首を振った。すると、今まで信じてきたものがなくなってしまうような心細さがこみ上げてきて、玲子は慌てて光の点《とも》るナースステーションに駆け込むと、一つ息を吐くのだった。

二章　葛藤

理学療法士の黒木《くろき》さおりは悠馬《ゆうま》のリハビリを終え、次の作業療法のために彼を連れて作業療法室に到着した。いつものように大迫《おおさこ》まひろに声をかけようと彼女の姿を探すと、作業療法室の隅の方で後輩のOTと向き合っていた。その若い女性の療法士が俯《うつむ》いて泣いていたので、さおりは一瞬戸惑ったが、悠馬もいるので、何事もない声色でまひろに話しかけた。

「野呂《のろ》さんの理学療法終わりました。引き続き、作業療法お願いします」

「ありがとうございます。野呂さん、あちらの席に座ってもらえますか？」

肩を震わせて泣いている若い作業療法士と、まひろの普段通りの声と表情があまりに対照的であり、まひろが彼女を置いて悠馬の座る席に向かおうとしたので、さおりはもう一度問いかけた。

「あの、彼女、大丈夫ですか？」

「ああ、大丈夫です」

まひろはすぐにでも悠馬のリハビリを開始したそうであったが、さおりの視線に、仕方なく、という感じでさおりにだけ聞こえる大きさで言葉を続けた。

「泣きたいのは、受け持たれている患者さんの方じゃないですかね。どういう目的でそのメニューをやっているのか聞かれて説明もできないような作業療法を受けているんですから」

「ああ」

まひろのさおりを見つめる目が、怒気をはらんでいる理由は、さおりが聞けば納得のいくものだった。

「これだから女性のセラピストは、って思われてしまうので、私も泣かせたくはなかったですけど。せめて、泣くなら、人前以外にしてほしいですね」

療法士（セラピスト）という仕事は、多少力仕事という側面はあるにせよ、本質的には男女で向き不向きの差があるものではない。しかし、それでも、特に理学療法士の世界は男性の方が多く、さおり自身、心のどこかには仕事の時に性別のことに触れられたくないという意地のようなものがあるのは確かだった。比較的、女性の方が多い作業療法士の世界であっても、まひろがさおりと似たような気持ちでやってきたのは、彼女の言葉と表情から明らかだった。

「上肢《じょうし》の緊張を上げないように、理学療法をしてくださってありがとうございます」

悠馬がいつものテーブルの前に座って、自分でストレッチを始めているのを少し離れたところで見つめながら、まひろはさおりに小さく頭を下げた。

「え？　いえ」

さおりはその言葉に驚いていた。確かに、さおりは、今、悠馬の課題が特に手の回復なので、自分が担当している下肢、歩行のリハビリの時でも、できるだけ上肢のことを意識して、具体的には手や肘《ひじ》などに力が入りすぎないように調整しながらリハビリメニューを組んでいた。しかし、実際の理学療法の場面を見ていないまひろがそれに気づくのは簡単なことではなかったし、そもそも手を専門にする作業療法士に、足のリハビリのことまで理解する人は多くはない。事実、さおりがそのようなことを言われたのは初めてだった。

「下手な歩行訓練をした後だと、作業療法はやりにくいものです。でも、野呂さんを担当させてもらって、そういうことが一度もない。すごいことです」

まひろの、悠馬を見つめるまっすぐな視線は、さおりには愛おしいものに映った。でも、だからこそ、自分たちの後ろで泣いている、若い療法士が気になるのだった。

「ここからは、私の仕事です」

もう一度さおりに頭を下げて、悠馬のもとに向かうまひろの後ろ姿を見ながら、さおりの中に漠然とした胸騒ぎが去来していた。

悠馬の麻痺《まひ》が、少しずつではあるが着実に回復しているのを確認しながら、太一《たいち》はその方針に悩んでいた。今、悠馬の治療はまひろを中心に進んでいて、うまくいってはいるが、それではどこかで行き詰まるような予感がしていた。現実的に考えて、彼に入院のリハビリをできるのはあと二か月弱。その期間で機能改善を加速させる方法を考えると、ある一つの治療法に行き着いた。太一は夕方、仕事を終えた玲子《れいこ》を捕まえて、そのことを話した。

「野呂君に新しいリハビリのやり方をしようと考えているんだ」

「新しいやり方って何ですか?」

「ハンズ療法っていうんだけど」

太一は玲子にハンズ療法について説明した。ハンズ療法は、患者のまだ弱い筋肉の動きを感知してそこに電気刺激を与えることのできる特殊な装置と手関節を適切な位置に維持する装具を一日八時間装着する、特殊なリハビリである。

「うちの病院に、そんな機械あるんですか?」

玲子は興味を持ったように太一に尋ねた。

「うん。一つね。前に、山根《やまね》先生から病院にお願いしてもらって買ったんだ。この治療をすればまだ不十分な野呂君の手指《しゅし》伸展《しんてん》の力を、回復させられる可能性がある」

「すごいですね。でも、一日八時間って長いですね」

太一は一つ頷《うなず》いてから、玲子に訴えかけるように言葉を続けた。

「そう。ハンズ療法はリハビリの部屋、時間だけではないんだ。それ以外の時間、病棟にいる時間にどのようなことをするのかも重要になる。だから、看護師の力が必要なんだ」

いつもなら、玲子は、自分の力が少しでも患者さんの回復の役に立つなら、目を輝かせて話に乗ってくるのだが、この日の返答の仕方は少し違った。前向きな意思の向こう側に透けて見える玲子の心の葛藤が、付き合いの長くなった太一にはよくわかった。

「ハンズ療法、でしたっけ？　それが小塚先生の指示なら、喜んでやります」

太一は、玲子から向けられた視線の意味が初めてのものだったので少し戸惑っていた。

玲子は、明らかに太一を試すようにその言葉を口にしていた。

「私は、小塚先生以外の指示では動きませんし、先生のチームの人としか、働けません」

玲子はそう言い残すと、席を立った。太一はしばしその場所で座りながら考えていたが、立ち上がると、まひろのいる作業療法室へ向かった。

作業療法室の一番奥の端の方に、朱理《あかり》が一人の後輩と話しているのが見えた。朱理は太一に気づくと、笑顔で会釈をした。

「体調、大丈夫？」

「ありがとうございます。少し落ち着いてきています。悪阻《つわり》って怖いですね」

「お大事にね」

一時期のやつれた感じもだいぶよくなり、どちらかと言うとふっくらしてきた印象の朱理を見て、太一は安心した。

「どうしたんですか？　こんな時間に」

「あ、ちょっと大迫さんに用があって」

朱理の前でうつむいていたもう一人の療法士がピクンと反応したように太一は思ったが、朱理はいつもの笑顔で扉の方を指差した。

「控室でカルテ書いていると思いますよ」

言われた通り、まひろは控室の自分のデスクで記録を書いていた。太一が、新しい治療方法の提案をすると、想像していたのと違い、すんなりとそれを受け入れた。

「いいですね。私も、そういう種類の介入もやれたらと思っていたので」

「知っていますか？」

いますこ」

「ええ。前の病院で似たようなやり方をしたことがあって。その時に一通りは勉強しています」

「よかった。じゃあ、野呂さん、ご本人と話して、開始します」

太一が控室を出て病棟に戻ろうとすると、一人で立っている朱理が見えた。朱理は太一が出てくるのを待っていたかのようにゆっくり近寄ってくると、落ち着いた声で話しかけた。

「先生、みんなのこと、よろしくお願いします」

これまで何度も患者さんのことを話した夕方の薄暗い作業療法室で、太一はその言葉の意味を考えながら朱理の顔を覗き込んだ。恥ずかしそうにしながら、朱理は言葉を続けた。

「私の体調や力不足や、いろんなことのせいなのに、こんなこと言うのはおこがましいんですが、やっぱり患者さんには一番よくなってほしいです」

「うん、もちろん」

朱理がどんな時でも崩そうとしない笑顔には、ネガティブにも伝わりかねない言葉を、正しい意味で相手に届ける力が備わっていることを太一は知っていた。だから、彼女の言葉を安心して待つことができるのだった。

「大迫さんの方が私より上手です。私はもっともっと頑張らないといけないし、今は野呂君にとって大迫さんが受け持ってくれることは良いことだと思っています。でも、じゃあ、今の状況が彼を一番よくできているのかなって少し心配に思います。チームを外れた私が言うのはずるいですが、これからもっと彼をよくするために、必要なことがあるんじゃないかって」

朱理の考えていることは、太一にはよくわかった。すると、太一の脳裏になぜだか山根のにやりと笑う姿が浮かび、お前たちには刺激が必要なんだと聞こえたような気がした。

「なんでもかんでも先生のお仕事にするのもどうかと思いますが、よろしくお願いします。玲子のことも」

普段は遅くなると医局でカップラーメンか適当なもので夕飯をすます太一だが、この日は少し外の空気を吸いたくなって、着替えると病院前のバス停に向かった。あたりはすっかり暗くなり、夏が深まるとヒグラシの甲高い鳴き声が響く蓮田《はすだ》市リハビリテーション病院の敷地も、この時期はまだ静かだ。太一がバスを待っていると、後ろから足音が近づいてきて、太一の後ろで止まった。

「元気なさそうね」

「そんなことないけど」

振り返らなくてもわかるその声の主に、太一は少しホッとした。なんだか今日は、仕事の関係者とは距離を置きたいような気がしていたからだった。彼女も正確には太一の同僚であるが。

「ちゃんと食べている？」

「だから、これから食べに行くんだよ。ちゃんとしたもの食べないといけないなって」

「それで牛丼じゃ世話ないわよ」

「決めつけるね」

同じ高校の同級生で、同じ部活の部員とマネージャーとして過ごした太一とさおりは、今度は、医師と理学療法士という立場となって同じ病院で働いている。

二人は蓮田駅行きのバスに乗り込むと、一番後ろの座席に並んで座った。

「そう言えば、この前偶然、入院していた中島《なかじま》さんに会ったのよ。駅で。すごくしっかり歩けていて、元気そうだったよ」

「よかった」

中島は、太一とさおりが初めて一緒に受け持った患者だった。最終的には無事退院したが、リハビリに難渋した経緯もあり、二人には印象深い一人だった。

　病院からのバスは蓮田駅の東口側のロータリーに着くが、太一はさおりに誘われて、西口に回ると蕎麦屋に入った。中は落ち着いた雰囲気で、夕飯を食べている人と日本酒を飲んでいる人が半々なように見えた。

「こっち側、あんまり来ないけど、こんなお店があるんだね」

「遅くまでやっているので、私も時々。一人だとお蕎麦だけ食べて帰っちゃうけど、二人なら色々頼めるじゃない」

　六つ程のテーブル席は既に埋まっていたので、カウンターの席で天ぷらやだし巻き卵を注文して、酒を好んで飲まない二人は、ウーロン茶で乾杯をした。

「高田《たかだ》君のとこ、二人目生まれたって」

「へー。あの泣き虫キャプテンが二児の父か」

　太一は高校の頃の同級生、サッカー部の仲間たちとほとんど連絡を取っていなかったが、さおりは今でも時々集まりに参加しているようだった。さおりは、湯気の立っただし巻き卵に大根おろしを載せて、口に運ぼうとした瞬間に、思い出したように太一に問いかけた。

「太一も来たら？　みんなも会いたがっているよ」

さおりは大きな卵の塊《かたまり》をぱくっと口に入れると、美味《おい》しいと呟《つぶや》いてから、答えた。

「行こうかな」

「今度、誘うね」

温かい栄養のあるものを体の中に入れていくと、単なるエネルギーだけでなく満たされていくのが、そういうことに無頓着《むとんちゃく》な太一にも感じられた。栄養指導が必要なのは患者さんではなく、自分自身だな。さおりにそれを見抜かれていたのかもしれないと思うと気恥ずかしくも思ったが、同時に自分の中で思考する準備が整ったようでもあった。

「あいつは偉かったよね。僕なんて、結局は自分のことしか考えていなかったのに、いつもチーム全体のことを考えてさ」

「キャプテン?」

「うん」

「向いているんじゃない? 別に、太一が自分のことしか考えてなかったとは思わないけど」

むしろ責任を背負いすぎていたよ、と言おうとして、さおりはその言葉を飲み込んだ。それから目の端で確認した太一の顔が穏《おだ》やかだったので、そちらを向かずに、あの頃と少しも変わらない声を待った。

「向き、不向きってあるよね。向いてないことをやっているなって、自覚あるよ」

「そう?」

「そうじゃないかな。ほら、居残り練習、付き合ってもらっていたじゃない」

太一が昔話をするのは珍しい。いや、むしろさおりの記憶では自分から高校時代の話をするのは初めてだった。

「コーン置いて、ずっと一人でドリブルシュートやっていたね。懐《なつ》かしいな」

「うまくなりたいっていうのはもちろんあるけど、自分がうまくなって点を決めればチームが勝てるって。それがチームに貢献できる一番のやり方だって思っていたんだよね」

「知ってる」

マネージャーだったさおりの目だけでなく、チームメイトの誰から見ても、太一が人一倍練習をしているのは明らかだったし、それが自分自身のためだけにできるものではないのもわかっていた。

「高田はさ、その時間に、調子の悪い奴の練習に付き合っていたり、怪我している奴のリハビリ一緒にやったりしていたでしょ。それはきっとキャプテンとしての大事な仕事だって今はわかるけど、やっぱり心のどこかで、あいつは自分を犠牲にして勿体《もったい》ないなって、その時間で自分の練習ができればもっとうまくなれるのにって思っちゃっていたわけ」

いつの間にかテーブルの上に置かれていた五種類の天ぷらから、太一は白身魚の天ぷらを選んで箸で摘《つ》まんだ。

「そんな僕が、今、こんな仕事しているわけだからね。難しいよ」

さおりも一つ天ぷらを食べてから、太一の方を向いた。

「太一はどうしたいの？　チームとして、じゃなくて、もしも一人だったら」

少しの沈黙の後、太一は前を見て答えた。

「正しい医療を突き詰めたい、かな」

その言葉は太一の中でリフレインのようにもう一度響くと、今度はそれが反響して、なかなか消えなかった。

「大迫さん、面白いよね。今までいなかったタイプで」

さおりが突如としてその名前を出したことで、太一は自分が、あのまひろのやり方、妥協のないスタイルに、心のどこかで共感していることに気づいたのだった。それは、玲子やさおり、朱理、城咲《しろさき》たちのおかげで、一人で戦っている感覚が薄れていること、いつの間にか居心地の良い場所にいる自分は、医師になる際に決意した「正しい医療を突き詰める」ということができているのか、不安に思っていたことの裏返しだった。

太一もかつて、この病院に赴任してきた時は嫌われる覚悟を持っていたはずだった。それは覚悟というよりは、患者さんを良くすることへの使命感だったかもしれない。それを理解し、同じ目標を持つ仲間ができ、太一は理想の形を体現できている手応えもあった。

しかし、その仲間を得たことで、いつからか、自分の力を高めることや議論を戦わせることよりも、チームの輪を守ることを優先していたのではないか。「それが患者さんを良くするための近道だから」という言葉を、逃げ口上として使っていなかっただろうか。

黙り込んだ太一を取りなすようにさおりが口を開いた。

「まあでも、彼女のやり方に全員がついていくのは無理よね。私は好きだけど。それでも、みんなが理解するのは難しいなって思う」

あくまで感覚的なものではあるが、野呂悠馬を最大限によくするためには、看護師の力が、玲子の貢献が不可欠であることを太一は知っていた。そして、玲子とまひろの間にある溝の根本は、太一の中に横たわっている矛盾でもあるのだった。

「お蕎麦、食べない？」

さおりは店員さんを呼んで注文をすると、天ぷらを二つ、太一の取り皿に取り分けた。

「食べなよ。食べて、明日からまた頑張らないと」

二人で一枚の蕎麦を分け合い、太一が会計を払おうとすると、さおりはきっちり半額太一に差し出した。

「みんなといる時は払ってもらいますよ。小塚《こづか》先生」

ただでさえも遅い時間なので、車通りの多い東口側と比べて、西口は暗く人通りもまばらだった。電車で帰るさおりを改札まで送ると、さおりは去り際に太一に向かって言った。

「きっと正解なんてないから、太一が思うようにやればいいんじゃない？　私は、それについていくよ」

手を振って帰っていくさおりを見届け、太一は自分も帰途に就《つ》いた。


玲子は自分の部屋で、今日、太一に言われたハンズ療法に関する資料を読んでいた。ハンズ療法は、朝から夕方まで患者さんの手をサポートする装置をつけていることになる。その間に患者さんには意識的に麻痺手《まひしゅ》を使ってもらわないと意味がないので、リハビリじゃない時間の、病室にいる時間の使い方が重要なことであることがわかった。そう思うと、玲子の中にいくつものイメージが湧いてくる。今は、悠馬はよく部屋で文字を書く練習をしているけど、これからはむしろ摘まんで放すというような動作の方がいいだろう。電気の刺激が指を伸ばすことを促進しているのであれば、右手で一度物を持ってそれを机の上に置いたり、洋服のファスナーを上げる時に裾《すそ》を摘まんでおいて、上げ終えたら手を放すとか。

「生活の中の動作の方がいいよね」

日常で必要な動作の方がやる気も出やすいし、出来た時に実感を得やすいものだ。

「あ、スマホもいいかも」

玲子は、スマートフォンを充電する、と作っていた悠馬のための課題リストに加えた。そこまでですると、玲子は徐《おもむろ》に立ち上がり、横のベッドにバタンと倒れこんだ。うつ伏せのまま玲子は目を閉じて大きなため息をついた。いつもどこかで抑制していたものを大げさに表現できることで、玲子の気持ちは幾分和《やわ》らいだ気がしたが、それでも起き上がる気持ちにはならず、自分に問いかけるように小さく体を横に揺らしてみたりした。ベッドのスプリングがギシギシと音を立てて、その単調な音が不思議と心地よく、玲子は何度も繰り返しては息を吐いた。

患者さんのためになれるのは嬉しいことのはずなのに、太一からの期待にこたえることが玲子のやりがいだったはずなのに、自分の中にあるこのもやもやは何なのだろう。いくらまひろのやり方が気に入らないとは言え、そんな個人的な感情で乱されているのだろうか。そうかもしれないけど、それならとても情けないし、でもやっぱり違う気がするのだ。玲子は勢いをつけて仰向けになり、携帯電話を手にすると、太一のアドレスをしばし見つめていたが、そっと電話を置いて立ち上がった。

翌日、悠馬の病室には、親や仲の良い友達が来ていて、玲子が彼とゆっくり話せそうなのは、夕方になってからだった。太一からの新しいリハビリの仕方の説明は日中に済んでいて、玲子は昨晩作った悠馬の課題リストを持って病室に向かった。悠馬は、いつものように文字を書く練習をしていて、その平仮名はもう十分読めるところまで来ていた。

玲子がハンズ療法の際の病室でのリハビリメニューや過ごし方を説明すると、彼はそれを正しく理解し、前向きな姿勢を示した。玲子は安心して、そのリストを悠馬のデスクの上に置いて帰ろうとすると、昨日までは無かった色紙が置いてあるのに気づいた。先に口を開いたのは、玲子の様子を見ていた悠馬の方だった。この入院している間にも日々大人びていくように見えた悠馬だったが、それを隠すように少しおどけた口調で玲子に話しかけた。

「南さん、彼氏います？」

「何それ？　どうしたんですか？　急に」

「好きな人はいます？」

悠馬の様子がいつもと違うようにも思え、玲子は彼を見つめてみたが、少なくとも玲子にはわからなかった。

「僕にはいるんです。別に普通ですよね？　そしたら、その人のためになりたいって思う気持ちってあるじゃないですか」

「ありますね」

「例えば、好きな人が困っていたら役に立ちたいし。それって良いことでしょ？」

「はい」

「それって難しいよなあって。良いことだけど、じゃあ、それで好きになってもらえるかは、また別だよねってこと。当たり前だけど」

玲子はまだ悠馬の真意はわからずにいた。が、悠馬の見えている世界に近づくことを許されている自分の仕事が嬉しいと思った。

「自分の行動が、その好きな人のためなのか、好かれようとしている自分のためなのか、そんなのわからないし、気にしていたら何もできないでしょ？　そんなエネルギー溜め込むなら、良いことだって思って、やって、振られても、笑い話にすればいいのに」

悠馬が友達や家族といる時、誰かがいつも笑っていた。それは誰から見ても自然な、彼らの日常だった。

「それができなくなったのが、病気になって唯一変わったことかなって。良いことだって思い込むことができなくなったこと」

誠実にこちらを向いた悠馬の瞳に映る自分の白いナース服を見て、玲子は、自分が、自分の思いが、きちんと悠馬の方を向いていたか、顧《かえり》みるのだった。それは玲子の生命線だったはずなのに、それが疎《おろそ》かになっていたなら、まひろの前に立つ資格も、太一に向けられる顔もないのだ。

悠馬は立ち上がって、玲子の横まで来ると、そこに置いてあった色紙を右手で持ち上げた。

「これもリハビリ」

悠馬はそう言って、その色紙を玲子に渡した。

「これね、クラスのみんなの寄せ書き。担任の先生がやろうって言ってくれたって」

色紙には色取り取りの文字で、悠馬へのたくさんのエールが書かれていた。

「嬉しいですよね。そりゃ。みんなからの色紙なんて良いことだし」

悠馬の言葉は、嫌みでも皮肉でもないことは明らかだった。それでは、どのような感情が込められているのか、それを玲子が理解した気になるのは間違いだと思えたし、想像してもわからないことだと思った。

「不幸とか、思わないですよ。不運だとも思わないです。運が悪ければ死んでいたんだろうし。今までできていたことができないのは少し悲しいけど。リハビリするし。できないって決まったわけじゃないし。サッカー好きで、高校に進んでもやりたかったとか、思うけど、別にプロになりたかったわけじゃないし。父さんも母さんもいてくれて、何より友達がいてくれて、心強いです。まあ、元々頭悪かったから、これで書くのも遅くなったらテストの点は下がっちゃうよね。それも仕方ないです。みんなと同じ高校には行きたいから、頑張るけど」

訴えかけるわけでもなく、悠馬は淡々と言葉を紡《つむ》いでいった。それは、人生は、たくさんの「もしも」でつながっているという事実を受け止めたからこそできる業《わざ》だと、玲子は思った。そして、それを受け止められる悠馬の聡明さを玲子は素直にすごいと思うのだった。

病気のようなことだけではなく、ほんの少しの「もしも」で違う未来を見ることになるし、それは誰の身でも同じだ。その、自分の目には見えないかもしれない分かれ道があることを受け入れた上で、悠馬はどの道の先にも輝く瞬間はあるのでは？　と問いかけているのだ。それを正しく切り取っていく意思だけ持ち合わせていれば、やっていけますよね？　そう尋ねているのだ。

「僕は変わんないです。多分、これまでそばにいてくれた人も変わらない。でも、これから出会う人はどうなのかな。ここですら、病院の中ですら、特別に可哀想だと思われているし。ありがたいっちゃありがたいけど、ちょっと面倒かな。これから出会う人には、そういうキャラになっちゃうでしょ？　手足が動きにくくて可哀想な、みたいな。そうすると、ちゃんと普通に仲良くなれるのかな、とか思いますね。彼女とかもできるのかな、とか」

「いいじゃない、優しい彼女ができるんじゃない？」

「それがいやかなー。気にしないでほしいですね。僕が気にしてないのに、相手が気にすると、自分も気にしなきゃいけないのかなって。面倒じゃないですか」

少なくとも、悠馬の問いかけに正しく答えられるのは、「良いこと」の前で思考を停止しない大人だろう。それは目的ではなくて、手段であるということを分別できる大人。

玲子は自分がそうである自信はなかった。けど、リハビリナースである以上、そこから逃げるわけにはいかないのだ。誰にでも起こりうる「もしも」の先をきちんと想像できるのが自分たちの仕事だからだ。

「ま、そんなに甘くないんでしょうけど。これから大人になっていって、この病気にならなければ、あれもできたのに、これもできたのにってなるのかもしれないけどね。だから、リハビリ頑張るけどさ」

悠馬はそこまで言うと、置いてあった玲子の作ったリストを手に取り、目を通した。

「これ、多すぎないですか？　部屋で休めないじゃん」

玲子と悠馬は目を合わせて笑った。


玲子は家に帰ると、昨日とまったく同じようにベッドに倒れこんだ。枕で塞《ふさ》がれた視界はどこまでも暗く、玲子が自分の呼吸の音だけに集中してみると、昨日そこにあったもやもやとした塊が溶け、代わりにトクトクと胸の高鳴りが感じられた。

「怖いな」

玲子はそれを認めるのが怖かった。なんだか途轍《とてつ》もないもの、身分不相応なことを考えているように思えたし、それを意識せずに、今まで通りのやり方、自分は与えられた役割を全うするのだという姿勢でいる方が、玲子には相応《ふさわ》しいとも思っていた。今のやり方だってやっと手に入れたものなのだ。

しかし、自分の中にいつからか生まれ、徐々に育っていった、チームを導きたいといこともなくなった時に、その舵《かじ》を取る役割を誰かに委《ゆだ》ねることは当たり前ではなくなっていた。もしも、自分が意図しない方向に進みそうになるなら、自分がそれを担《にな》うことも厭《いと》わない。そう感じる時があるのだった。

しかし、その決意の言葉を反芻《はんすう》すれば、自分にその力があるのかないのか。リーダーシップ研修を受けた時に、自分にはまだ早いだけだと言い訳できそうにも思えていた、そのことの白黒が突然はっきりするような気がして、玲子は何を躊躇《ためら》っているのかもわからないくらいに揺れていた。きっとまひろが来てからずっとそうだったのだと思う。

そんな時に、悠馬の言葉は玲子の背中を優しく押してくれたのだった。予測もしえない病気にかかり、否応なく変えざるを得なかった将来の見通しの中で、悠馬がたくましく、自分自身を鼓舞《こぶ》するように放った言葉は、力強くもあり柔らかでもあった。彼の前で、変わることを、背負うことを恐れるなんて恥ずかしいと玲子は思った。

今はまひろの方が患者さんをよくできるのかもしれない。だから、まひろの言っていることに従わないといけないのもわかっている。でも、どんな指示であれ、従っているだけでは、きっと「一人分」にはなれないように思うのだ。チームを動かすには、人数分の思いがある。そのバラバラの思いを抑え込むのではなくて、それを一番大きなベクトルにうまくみんなで還元することが出来た時、それが本当の「一人分」なのではないか。チームには人数分の舵があってもよいのだ。

「怖いな」

思いを語るためには、自分に力がないとダメなのだ。まひろの言う通り、患者さんをよくするための力がないのなら、黙って従うべきだ。だから、怖かった。自分で自分の力を知ることは、知ろうとすること自体、逃げ場を排除する作業になりうることを玲子はわかっていた。

まひろは、自分が麻痺をよくするのだと言い切った。じゃあ、自分には何ができるだろう。ずっと前から悩んで、摑《つか》みかけて、また振り出しに戻ったようだった。でも、答えは、もう自分の中に、これまで迷いながら経験してきた中に存在していると玲子は感じていた。それは、太一が今回の治療を提案したことと無関係ではなかった。

「患者さんの生活をよくするのは私たちでありたい」

体の麻痺を治すことと、生活の動作を再建すること。それは同じ線上に存在していると玲子は思っていたが、そうではなかった。むしろ、時にその二つはトレードオフの関係になるということを悠馬の件で学んだのだった。理想的には、麻痺がよくなって、日常生活でできることが増えればいいのだけど、それが難しい場合がある。

玲子は、患者さんの一番近くにいる看護師という職種は、生活という視点で患者さんをよくする、そういうプロフェッショナルとしてチームの中で力を発揮できれば、きっと、思いを表現する資格は得られると思うのだ。

「合っているよね？」

気づけば玲子は携帯電話の中の太一のアドレスを探していたが、やはり思い直して、携帯電話を投げ捨てると、腹式呼吸の要領で声にならない声を一つ吐き出し、エイッとベッドから起き上がった。


ハンズ療法を開始して二週間、悠馬の手が加速的に改善しているのを太一は確認していた。それはこの治療が、まひろの作業療法のバリエーションを増したことによる成果でもあるが、玲子の立てた看護プランにより、悠馬が病棟生活の中で右手を使う機会が増えたことがとても大きいのは明らかだった。玲子は、悠馬とよく話し、二人で目標を立てることで悠馬のモチベーションを高めていた。すると、悠馬は今度は、自分自身で適切な難易度の目標を立てられるようになり、さらにリハビリの効果が上がっていく、という好循環を生んでいた。

玲子が、言葉でなく行動で示した決意は、太一の心を揺さぶるのに十分だった。朱理からまひろに作業療法士が変わってから、悠馬との関わりにやや消極的に見えていた玲子が、おそらく誰からの指示でもなく、自らの考えを自らの方法で表現していることをとても頼もしく思った。だからこそ、今度は自分がこの組織の中であるべき役割を担えているのか、疑わしく思えてくるのだった。

自分は、いつでも、個人の能力を発揮することを優先してきた人間だ。しかし、今は、チーム全体のパフォーマンスの責任を負うのが仕事なのだ。その役割はつまり、結果の見通しが五分五分な状態でも、あいつがそう判断したならどう転んでも仕方ない、やってみようとチーム全体に思わせられるということだ。

模範となるような医師としての自分。そう考えると、太一はやはり自分は相応しくないと思えた。

太一がゆっくり目を閉じてみると、思い浮かぶのは暗い病室だった。身動きもできず、声も出せなくなった父親が寝かされたベッドの横で、何ができるかもわからずに立ち尽くしていた自分。太一が大学生だった頃、交通事故による脳挫《のうざ》傷《しょう》で意識の無くなった父親に施された治療はほとんどなかった。

弱っていく父親を見殺しのようにして救ってくれなかった医療に対する恨みはまだ太一の胸の中にあった。自分が屈折したモチベーションでこの道を進んでいるのに、模範となれるわけがなかったし、自分自身もそれを望んでいるようにも思えなかった。

その日の夜、太一は久しぶりに亡き父親の友人でリハビリテーション医師の松原《まつばら》に会いに出かけた。東鷲宮《ひがしわしのみや》にある松原リハビリテーションクリニックは、とっくに診療時間は終わっているはずだったが、まだ中から蛍光灯の灯りが漏れていて、その変わらない光景が太一を懐かしい気持ちにさせた。

中に入ると、案の定、松原は古い診察室で山積みのカルテと格闘していた。太一の顔を見ると、太一がそこにいるのが当たり前のようににっこりと笑いかけた。

「おう、よく来たな」

「相変わらず忙しそうですね」

「人が足りないからな。お前、飯食ったのか？」

時計の針は夜九時を回っていて、クリニックの中には松原以外、誰もいなかった。

「いえ、まだ」

「じゃあ、食べに行こう」

松原は開いていたカルテの上に、これまた年季の入ったペンをポイッと投げると、立ち上がって白衣を脱いだ。

二人は静かな住宅街を駅の方まで歩くと、駅前にある小さな焼鳥屋に入った。中には二つのテーブルにそれぞれ男性客の団体が座っていて、もうだいぶ食べ終わったようで日本酒を飲みながら談笑していた。

「よく来るんですか？」

「んー、ほんとにたまにな」

太一は、松原に合わせてビールを頼み、松原は焼鳥ともつ煮込みとイカの酒盗《しゅとう》をオーダーした。

「野菜、頼まないんですか？」

「食べたきゃ頼んでいいぞ」

「いや、別に」

確かに、松原の注文したものはすぐに提供されるものばかりで、空腹の二人にとっては好都合だった。二人は乾杯もそこそこに箸を動かした。鶏を焼く煙が店の高いところに舞っていて、太一はそれを時折ぼんやり見上げていた。

「病院はどうだ？」

焼鳥を頬張《ほおば》りながら、松原が太一に問いかけた。太一はどうとでも答えられる質問の、その答え方次第では今日松原に会いに来た理由まで含まれるような気がして、即答できずに黙り込んだ。

「変わり目なんですかね、いろんなことの。自分もだいぶあの病院にいるので」

太一は、今自分が感じていることを、もう少し説明したいと思ったが、なんとなく蛇《だ》足《そく》なような気がして、言葉を止めた。

「俺は、石の上にも三年、ってことわざが嫌いなんだ。なんかあれって、日本人の辛気《しんき》臭《くさ》さに見事にマッチするだろ。辛くても三年頑張れば報われます、みたいな。耐える美学？」

太一は、どうして松原がそんな話をするのか、よくわからなかった。が、松原の話はいつも唐突で、でも、結局は太一の記憶に残る。太一が高校生で、まだ父が生きていた頃、松原はよく家に遊びに来て、二人が楽しそうに話していたのを太一はふと思い出した。あの頃は、まさかこうして、父のいない状況で、二人で酒を飲みながら話すとは思っていなかったが。

「あれな、多分違うと思うんだ。自分とその場所が合うかどうか、少なくとも三年あればわかるってことだ。自分を三年かけて合わせていくんじゃなくてな」

「はあ」

「つまりな、仕事との出会いなんてくじ引きみたいなもんだ。どんなに恋い焦《こ》がれてなった職業だって蓋《ふた》を開けてみたら合わなかった、なんてことはザラだし、合わなければ変えればいいと思うよ。運だからな」

「それなら、毎日くじを引き続けることになりそうだけど」

「いや、だから、もし、自分の見極める力に自信がなければ、三年間やってみればいいよ。そうすれば、どんな人間だって、この仕事が自分に合うか、合わないか、わかるってもんだ。それより早くわかれば、それに越したことはないけどな」

松原は、一度会社員として働いてから、医学部に入り直した経験がある。淡々とした中に彼の信念があらわれていると太一は感じていた。

「今まではそんなこと気にしたことなかったけど、もし、自分がこれから走り続けるなら、最初に大義名分、何か前向きなモチベーションみたいなものを持ち合わせていなかったことが、ネックになるのかなって思う時はあります」

先にいた客がちょうど次々に店を後にしたので、店内には松原と太一だけが残った。それでも松原の声はこれまでと同様に少し大きく、堂々と太一に語り掛けた。

「お前、もう、合うか、合わないかくらいわかるだろ。いいんだよ、どんな風にこの仕事を選んだのかなんて、始めてしまえば関係ない。走り続ける理由なんていうのは、始めた後に見つけるもんだ。見つかるもんだ」

その口調とは裏腹に、松原の太一を包む視線は優しかった。太一はその目を見返しながら、自分の気持ちを確かめることができたのだった。

「合わないとは思わないですけど」

「なら、いいんだよ。あとは考えなくても。仕事っていうのは生きることだ。お前が抱いている葛藤は消えはしないけど、その思いは嫌なものではなくなっていくよ」

多分な、と最後に付け加えた松原はビールを一気に飲み干した。

「お前の父親が俺にそう言ってくれたんだよ。俺が悩んでいた時に」


玲子が珍しく時間通りに仕事を終え、病院の玄関から出ると、すぐ前に朱理の姿が見えた。

「おつかれー」

朱理の選ぶ洋服は、彼女の雰囲気といつも合っていて、玲子はそのファッションが好きなのだが、以前は着なかったようなお腹を締め付けないワンピース姿の朱理も綺麗だと玲子は思った。二人は歩幅を合わせて、ゆっくりと進んだ。玄関の前に広がる大きな駐車場の、その脇の歩道のだいぶ先にはバス停があり、その向こう側には様々な濃さの緑が揺れていた。視界を遮《さえぎ》るものが少なく、そこに存在する色彩はあるがままに玲子の目に飛び込んでいた。

「私、病院、辞めようと思うの」

朱理があまりにも自然に言うので、玲子は聞き間違いかと思った。

「え？」

「玲子には一番に話さないとって思って」

朱理の表情はやはり、その言葉に相応しくないほど落ち着いていた。玲子は思わず立ち止まり、朱理もそれに倣《なら》った。

「どうして？」

「少し、怖くなっちゃって。ただでさえも未熟な自分が、百パーセントのパフォーマンスを出せていないという自覚を持ちながら、患者さんの前に立つことが」

「それは、体調悪い時は誰だってあるし、でも、今は平気でしょ？　子育てと両立するのは、もちろん大変だってわかるけど、でも、まだやってもいない前から、無理だって決めなくても」

玲子の懸命の訴えを朱理は穏やかな表情で聞いていた。

「そうなんだけどね。でも、なんか、今回のことで、自信なくしちゃって。そんなことないのかもしれないけど、もしかしたら、私はもっと患者さんに関われるはずなのにって考えちゃう時はやっぱりあって、それはもどかしいんだ。自分がやりきったって思えるなら、そういう後ろめたさみたいなものはないんだろうけど。今は、体調だけど、子供が生まれたら、今度は時間とか、生活とか、いろんな理由でそう感じてしまうのかなって思ったら、少なくともそういう姿勢で患者さんの前に立つべきではないんじゃないかって」

朱理の気持ちは痛いほど伝わってきたので、玲子は返す言葉を見つけられずにいた。しばしの沈黙の時間を破ったのは、遠くから聞こえてくる車のエンジンの音だった。二人のいる場所からまだ少し向こうのバス停に一台のバスが停車し、車いすの女性が降車した。その女性は病院の方に車いすを漕《こ》いで進み、二人の姿を見て、止まった。

「わ、すごい。本当に会えた」

「芦田《あしだ》さん！」

交通事故で脊髄損傷《せきずいそんしょう》を呈《てい》し、そのリハビリを蓮田市リハビリテーション病院で行っていた芦田三千代《みちよ》と玲子が会うのは退院した日以来で二年ぶりだった。三千代の担当ナースが玲子であり、作業療法は朱理が担当していた。

「今日、あがるの早いじゃない。あんまり早く来ると、まだ仕事中で話せないだろうと思ってこの時間に来たのに、一歩遅かったらすれ違いだったのね」

「今日はたまたま早く終わったんです。元気そうですね」

薄化粧をした三千代は、もちろんもう患者ではなく、一人の女性だった。その印象は、彼女が元来持つ明るい表情によってもたらされているように感じられたが、入院していた頃のそれが彼女の強固な意志によって作られていたのに対し、目の前の三千代からは余分な力が消えていた。

「足が動かない以外は元気よ」

「よかったです」

三千代は、朱理の膨《ふく》らんだお腹に目を止めると、にっこりと笑った。

「あら、美樹本《みきもと》さん？」

「深沢《ふかざわ》になりました」

三千代は車いすから手を伸ばして朱理のお腹を優しく撫《な》でた。

「私もなの」

「わー、ご結婚おめでとうございます」

三千代は笑顔で首を振った。

「あ、そっちもそうなんだけど、三か月前に出産したのよ」

玲子は驚いて、まじまじと三千代の顔を覗き込んだ。懐かしいその顔には、彼女が退院してからしてきた経験がもたらしたであろう強さの面影《おもかげ》が確かに刻まれていて、玲子は思わず、三千代の両手を握りしめた。

「南さんのおかげよ。私が、この身体《からだ》で妊娠できるのかなって訊いた時に、ちゃんと答えてくれたから」

「そんなことないです。でも、嬉しい」

三千代は玲子の手を握り返しながら、朱理の方に首を向けた。

「そんなこんなでバタバタしてなかなか来られなかったけど、また会えて本当に良かった。深沢さん、だっけ？　呼び方、慣れないわね。大変なことも多いけど、頑張ってね」

朱理は、玲子と三千代、交互に視線を送っていたが、三千代に視線を止めると、口を開いた。

「三千代さんは強いですね」

朱理は恥ずかしそうに笑いながら、言葉を続けた。

「三千代さんの前で弱音を吐くなんて、本当に情けないって思うんですけど、子育てと仕事、両立できる自信がないんです」

「両立する必要がありますか？」

「患者さんの人生をお預かりしている以上、中途半端というわけには」

顔を合わせていない時間の長さも、かつての患者とその治療者という立場の違いも超えて、そこにはお互いを信頼しているからこそ流れる空気があった。それは、同じ目標に向かう日々を過ごした「同志」だからこそだと玲子は感じたし、そうでなければ朱理はこのことを三千代に話さなかったであろう。三千代は朱理をまっすぐに見返して、口を開いた。

「皆さんは、私たち、患者を少しでも治そうと、それはつまり完璧を目指してくれていますし、それは一人の患者としてありがたいと思います。でも、一方で、完璧ではない、障害の残った体を一旦受け入れて、前に進むことを教えてくれたのも、深沢さんたち、リハビリの方たちです」

玲子の脳裏には、両脚の動かない三千代が車いすの上で赤ちゃんを抱いている姿が思い浮かび、その姿の美しさに胸がいっぱいになっていた。

「そんな方が、完璧でないものを排除する、完璧でない自分を受け入れない、完璧でないなら舞台から降りようとするのは、おかしいと思います。矛盾するようだけど、完璧でないと患者さんの前に立てないというのなら、そういう心構えの人こそ私たちの前には向いてないいんじゃないかって。私、変なこと言っていますか？」

「いいえ。そうですね」

朱理はその言葉を優しく受け入れ、微笑《ほほえ》み、三千代も微笑み返した。

「私は、リハビリのプロじゃないし、こちら側にいるから、治療する側の気持ちはわかりません。でも、母親になった深沢さんのリハビリを受けてみたいなって思います。無責任な言い方ですけど、何かいいやり方があるんじゃないかな。だって、リハビリってそういうものじゃないですか。一生懸命、知恵を絞って、ベターな方へって。その姿を自ら見せられるチャンスなんだから、むしろ良いことじゃないかな」

三千代は、太一やさおりに会いに、病院の中に入っていった。玲子と朱理は、話の続きをする必要がなくなったかのように、とりとめのない話をしながら、バスが来るのを待っていた。

玲子がその話を先輩ナースにされたのは、悠馬の退院に目途《めど》が立ち、いよいよ自宅への復帰、学校への復帰を見据えてラストスパートだと意気込んでいた頃だった。

「今日、勤務終わりに少し話せる?」

「はい」

その先輩とは普段から仕事の話をする間柄だったので、玲子は特別なこととは思っていなかった。日勤が終わり、同僚が帰っていき、看護師控室が二人だけになった時、その先輩が口を開いた。

「南《みなみ》さん、最近すごく頑張っているよね」

「そんなことないです」

「それはね、偉いと思うんだけどね、もう少し周りを見られるといいかな、って」

玲子はその言葉で今日呼び出された意味を理解した。逆に言えば、それは予想外の提言だった。

「野呂さんのことでしょうか？」

「うん、まあ。それだけじゃないけど」

決して強い物言いをするタイプの先輩ではないので、彼女も言葉を選びながら話しているのはわかったが、玲子はこの後、どんなことを言われるのか、想像がつかない分だけ怖かった。

「患者さんに対してたくさん関わりたい、というのはわかるのだけど、全体のバランスがあると思うし。単純に業務量は増えるわけだから」

「あの、私の立てた看護プランで、みんなの負担が増えているんでしょうか？」

自分なりに同僚の負担が増えないように考えて、自身でできることはできるだけ他人に任せずやってきたつもりだったので、玲子は動揺した。

「うん。増えているって思われていると思う。まあ、実際に負担がすごく大きいってわけじゃなくても、なんでやらないといけないんだろうって思うと、そう感じるじゃない？」

なんで？　患者さんをよくするためじゃないの？　と口に出しそうになり、玲子はなんとか堪《こら》えた。

「すみません。私なりに、ちゃんと説明したつもりだったのですが。わかりづらかったかもしれません。すみません」

玲子は、ある昼の定例カンファレンスで、ハンズ療法という治療についてと看護師の関わり方について、みんなに向けて説明していた。その時は特に質問や意見も出なかったので、それっきりになっていたのは事実だった。

「あれも、最初は小塚先生に話してもらった方がよかったかもね」

先輩はそう言うと、でも、頑張りましょうね、野呂君、よくなってきているし、と笑顔を見せ、帰っていった。玲子は自分の中に大きくできあがった虚無感と向かい合いながら、もう一人の自分から、ほらね、と言われているようで、それに反発する言葉を見つけられずにいた。


玲子は、日勤の仕事の後、悠馬の部屋に向かった。悠馬は、いつものように右手にペンを持って、文字を書く練習をしていた。その文字は入院した頃とは見違えるようで、学校生活でも十分に右手で書字が可能なレベルだった。

「明日、退院だね」

「やっとですね。長い間、ありがとうございました」

悠馬は小さく頭を下げ、笑った。

「帰ったら、何したい?」

「えー、なんだろ。とりあえず、少し自由に出歩きたいかな。一応、ずっと病院の中にいたし」

元来、家の中に籠《こも》っているタイプではない悠馬のことだから、退院したらきっと友人と出かけたりするのだろう。玲子は、悠馬の意識が外側に向いていることに安心した。

「リハビリも続けてね」

「そうですね。あと、勉強もしないとね。相当遅れちゃったし」

悠馬は、続けて玲子に問いかけた。

「退院しても、時々ここに来ていいですか?」

「病院に? もちろん、いいに決まっているし、みんな喜ぶと思うよ」

「よかった」

悠馬の笑顔はやはり素直で、それ以上でも以下でもなかった。

「僕、前も言ったかもしれないですけど、病気になったこと、運が悪いとか思わないです。仕方のないことだって思うし、実際そうだし。でも、僕が一番嫌なのは、病気になった意味、みたいなものを自分で作り上げること。ひねくれているな、って思ったでしょ？」

「ううん。むしろ、その逆」

「そうですかね。でも、そこに意味を持たせちゃったら、この病気はあった方がよかったってなっちゃう。それは違うなって。だから、病気になった意味、とか考えたくないんです」

玲子は大きく頷いた。そして、どこまでも実直な悠馬に驚いていた。その方が楽なのに、決してそちら側に進もうとしない悠馬は、年齢も立場も関係なく、尊敬できる人だと玲子は思った。

「経験です。そして、教えてもらったことは生かしたい。教わったことがあります。治療をしてくれた人たち、リハビリをしてくれた人たちから」

「うん」

「もし、僕がこの先、僕の大切な人に悲しむような出来事があった時、ほとんどの場合、それを解決してあげられはしないと思います。もしかしたら、それをしようとする努力すらできないのかもしれない。そういう立場にない場合もあるでしょうし、一番は、どう努力していいのか、その仕方がわからないかもしれない」

悠馬は自分の右手をじっと見ていた。それは、玲子にとっても忘れることのできない手だった。

「人のためになる技術を持っている人になりたいって思いました。祈ったり、願ったりするのも素敵だと思うけど、誰かを助けてあげられる力を持っている人になりたいです。だから、時々ここに、皆さんに会いに来ていいですか？」

「楽しみに待っているね」

悠馬は、翌日、両親と一緒に帰っていった。


悠馬が退院した翌日、玲子は病棟の廊下でさおりに声を掛けられた。

「野呂君も無事退院したことだし、今度、みんなでご飯でも行こうか」

「いいですね。行きたいです。あ、だったらお祭り行きませんか？」

玲子は駅で見かけた張り紙を思い出して、さおりに提案すると、笑顔で頷いた。

「のくぼ通りの？　いいね。私、実はまだ一度も行ったことないのよ」

「私は学生の頃は毎年行っていました。屋台も出ていて楽しいですよ」

「今度の土曜日でしょ？　決まりね。じゃあ、小塚先生と大迫さん、誘っておいてね」

「え？　私が？」

さおりは意味ありげな笑顔で玲子の肩をポンと叩くと、そのまま行ってしまった。玲子は、なるほど、と思った。さおりの企《たくら》みそうなことだ。ナースステーションには太一がいたので、さっそく声を掛けた。そちらは何の造作もないことだ。

「先生、今週末、みんなでお祭り行きませんか？　はすだ市民まつり」

「土曜日なら、夕方から動けるけど。みんなって誰？」

太一がなんとなく警戒しているのが空気からわかり、玲子はどう答えようかすぐには判断できなかったので、しどろもどろになった。

「えっと、さおりさんは確定で、あと、私でしょ。あと、先生と」

太一の視線が刺さる。玲子は努めて冷静に振る舞った。

「大迫さんをこれから誘う感じです」

「えー、なんか怖そう。そのメンバー」

太一はこういうことに関してはデリカシーがない。何とも答えようのない玲子を尻目に太一は無造作に言い放った。

「城咲さんが来るなら行こうかな」

「わかりました。城咲さん誘うから、先生来てくださいね」

太一の要望は、もちろん玲子にも願ったり叶《かな》ったりだ。ひとまず、城咲は後で誘うことにし、玲子は意を決して作業療法室に向かった。控室の扉を開けると、席に座って文献を読むまひろの後ろ姿が目に飛び込んできた。

「あの、大迫さん」

まひろは振り向くと、意外そうな顔で玲子を迎え入れた。

「あら、どうしたんですか？」

「つかぬことをお伺いしますが、今週の土曜日って、夕方とか、空《あ》いていたりしますか？」

まひろは美しく冷たい作り笑いを隠さずに玲子の質問に答えた。

「ちょっとわからないですね。これから南さんが仰《おっしゃ》ることによるので」

玲子はその言葉に怯《ひる》みつつ、最初に用件まで伝えなかったことを後悔した。

「野呂君も無事退院したことだし、みんなでお祭り行こうかって話が出ていて、もしよかったらーと思い。でも、忙しいですよね？」

「大丈夫です。ご一緒させていただきます」

まひろの意外な即決に、玲子は不意を突かれた結果、ますます杓子《しゃくし》定規《じょうぎ》な台詞《せりふ》を口走ってから頭を下げた。

「ありがとうございます。詳細は後日ご連絡いたします」

太一は、昼休みの作業療法室に向かい、朱理に声を掛けた。もうすぐ産休に入る朱理に、お祭りの話をし、

「無理しなくていいよ」

と伝えると、

「すごく行きたいんですけど、お腹張り気味なのでやめておきます」

と答えた。

「小塚先生」

呼び止められた太一は、朱理の方を振り返った。

「これからもよろしくお願いします」

「うん」

一度下げた頭をゆっくりと持ち上げた朱理のその表情は、どこか吹っ切れたようにすっきりしていた。

「お休みから戻ってくる時には、その時の私の役割が、このチームにとっての役割が何なのか、相談させてください」

おっとりとしていて、これまであまり断言するようなことがなかった朱理が、太一に

伝えた言葉にはきっぱりとした響きがあった。

「そうだね」

太一の短い返事の後、少し間を空けてから、朱理が再びゆっくりと口を開いた。

「自分にはあんまりないと思っていたんですけど、人には、認められたいっていう気持ちがあるものですね」

「うん」

「患者さんのために全力を尽くせないと、とか、やりきっているという手応えがないと、とか、復帰後のこと、うじうじ考えていたんですけど、本当に患者さんのことを考えたら、そんな私の中の気持ちなんてどうでもよくて、結果をちゃんと残せばいいんですよね。それなのに、なんで私は、そんなこと気にしているんだろうって考えたら、自分はもっとできるはずなのに、周りにあれくらいしかできないって思われるのが怖いんだって気づいたんです。結構な見栄っ張りです」

付き合いの長い二人は、顔を見合わせて笑った。

「これまでより時間は限られてしまうと思います。今までと同じだけの量は、患者さんを良くすることに貢献できないかもしれない。それでも、私に役割が与えられれば、それを果たしたいと思います。その役割が何なのかを、これまで以上に皆さんと、先生や大迫さんと相談しないといけないと思っています。まだわかりませんが、その役割をうまく設定させていただければ、私は少なくとも、これまでよりも薄い仕事をするつもりはないし、患者さんを良くするための一端は担えるつもりです。ただ、そのためには、私がこうしたい、だけじゃなくて、皆さんが私に何を求めて、期待してくださるか、そこに、より向き合おうと思っています」

朱理を勇気づけた三千代の言葉を、もちろん太一は知らなかったが、この作業療法室、たくさんの人たちが葛藤と戦い、乗り越えてきた空間は、朱理の決意には相応しい場所だと思っていた。

「これまでも、本当は一人で治しているわけじゃなかったのに、自惚《うぬぼ》れていました。これからも私は、私に与えられた役割を果たすために精一杯患者さんに力を注ぎますし、でも、それはチームの中の一員として、です。皆さんにカバーしてもらうことは多いと思います。今後ともよろしくお願いします」

はすだ市民まつりの日、東口のロータリーはそのムードに包まれていた。祭りの主体は、そこから徒歩で三分程度ののくぼ通りだが、駅前にもたくさんの提灯《ちょうちん》が掛けられ、熱気が連なっているようだった。

太一、さおり、まひろは出勤日だったが、玲子と城咲は非番だったので、駅で待ち合わせることになっていた。玲子が一番に到着すると、程無くして城咲が登場した。お祭りということでショートパンツに無地のシャツと比較的なラフな恰好の城咲は、玲子の目に新鮮で眩《まぶ》しく映った。

「今日は、純平《じゅんぺい》君は来ないの?」

「誘ったんですけど、準夜で」

「そっか。残念だね」

玲子の後輩で、かつては同じリハビリテーション病棟で働いていた純平は、今は内科病棟に勤務しているのにこういう集まりの時は必ず声を掛けられる。太一が誘おうと言うので玲子が連絡を取るのが常で、純平が来ればその場はいつも、周りが彼にちょっかいを出しながら回っていくような、不思議な役どころだった。そんな変わらぬ末っ子のような純平も、同業の玲子の目から見れば、この二年間でとてもたくましく成長していて、内科病棟の時間に追われる業務も問題なくこなしているようだった。

少ししてから、三人がバスに乗って駅に到着した。玲子は、太一とさおりの私服は見慣れていたが、二人の後ろからバスを降りてきたまひろの意外な姿に目を引かれた。普段の男勝りな物言いの印象から、なんとなくパンツルックをイメージしていたが、少し透けの入った黒のワンピースにスニーカーを合わせ、同じ女性の玲子から見ても、適度なカジュアルさの見事な着こなしだった。

「遅くなってごめんね」

さおりの声をきっかけに五人は歩き出した。さおりは玲子の横に並び、その前に、太一と城咲とまひろが歩くような陣形になった。

「野呂さんのリハビリ、よかったね。病棟でも、南さんがすごく頑張っていたって聞いたよ」

さおりがにこやかに話しかけてくれたので、玲子はできるだけその雰囲気を壊さないように意識しながら答えた。

「私も、いい経験というか、彼をよくできてよかったと思っていますけど。でも、難しいですね。みんなにわかってもらうこと」

玲子はできるだけ簡潔に、自分のやってきたことがあまりうまく看護師の同僚に伝わってないことをさおりに説明した。さおりは最初、少し驚いていたが、すぐに優しい相《あい》槌《づち》を打ちながら、その話を聞いていた。

「そっか。難しいよね。そういうの」

さおりは少し前を歩く後ろ姿を見ながら、言葉を続けた。

「きっと、大迫さんも同じようなことを感じているんじゃないかな」

「え？」

玲子は、本当に驚いてしまって、さおりの涼しげな目を覗き込んだ。さおりはそれを優しく包むように話を続けた。

「少しね、心配しているんだ。彼女のこと」

玲子の目には、太一と城咲相手に物怖《ものお》じしないで話すまひろの後ろ姿が映っていた。それを見ると、やはりさおりの言うことが腑に落ちなかった。

「大迫さんは、私なんかより強いと思いますけど」

「どうかな？　強さって見かけだけじゃわからないから」

目の前には、屋台が立ち並ぶ広い通りがひらけてきた。通行止めになって車の入れなくなった道にはたくさんの人がごった返していて、そのカラフルに飛び交う光の不規律が、非日常を演出していた。

「すごい人ね」

さおりの目も反射してキラキラと輝いていた。

「二人が、守りたいものっていうのは違うように見えて、実はおんなじなんじゃないかなって思うよ。私にはそう見える。職種が違うけど立場は似ているし」

「いや、私は主任じゃないし」

「何かを背負おうとしているって意味では、同じよ」

やはり、それを誰かから言われるのは恥ずかしいような、荷の重さに改めて直面し、玲子は慌てて口を開いた。

「いや、別に背負うとか、そんな大袈裟《おおげさ》なものじゃないですけど」

前の三人は、さおりと玲子に構わず、もう屋台で買い物を始めていた。

「ただ、正直、大迫さんとはわかり合えないというか、やり方が全然違うんだろうなって思います」

「やり方が違うのはそうだろうけど、患者さんを良くしたいってとこは同じじゃない。むしろ、それだけでしょ？　そのために苦しんでいる」

「大迫さんも？」

さおりは小さく頷いた。そして、笑顔で付け加えた。

「だから、早く仲良くなってほしいなぁって。ほら、彼女からは難しそうだから」

それこそ荷の重い話だと苦笑いの玲子の手を引いて、さおりは三人の並ぶ焼きそばの屋台の列に向かって歩き出した。

「南さんの悩みは、きっと小塚大先生が解決してくれるよ」

さおりの何気ない言葉に、玲子はピクリと反応した。思えば、太一と病院以外で顔を合わせるのは本当に久しぶりだった。それも、このことを太一にまだ話していないことも、玲子が初めて通す小さな意地だった。ただ、悠馬を無事に退院させられたことの安堵に加えて、さおりの普段着の台詞で、その自分だけのルールが役割を終えたように思えて、玲子はホッとしていた。

「お疲れ様」

「お疲れ様です」

長くなっていた夏の日もやっと暮れ始め、それに連れて提灯の灯りの一つ一つが仄《ほの》かな光の玉として浮かび上がっていた。

「最近忙しそうだね」

こういうことに関する太一の鈍感さはありがたい時もあるが、やはり歯がゆい。人の気も知らないで、と玲子は心の中で呟いてから答えた。

「いえ、それほどでもないです。野呂さん、無事退院できてよかったですね」

「南さんのおかげです」

太一が本当にそう思ってくれているのは、これまでも言葉の端々から伝わってきていた。

「私が、というか、看護部が貢献できたんじゃないかって私は思っていたんですが」

さおりにしたのと同じ玲子の説明を、太一は立って焼きそばを啜《すす》りながら聞いていた。

「私にはまだまだ難しいです。みんな、私の言うことなんかじゃ納得しないし」

「そんなことないよ。南さんに負けていられないなって思うけど」

太一が発した声は、なぜだか小さく、玲子は、えっ？　と聞き返したが、太一はそのまま話を続けた。

「みんな、一人一人違う背景を持っていて、考え方も違って、いくら同じ職業だからって同じ気持ちで仕事をするなんて無理だ。まあ、仕事に限らず、全員に理解してもらうということが無理なんだけど。無理なことをしようとするのは辛いことだよね」

「諦めた方がいいってことですか？」

太一は困ったように笑った。玲子もそれを見て、結論を急ぎすぎる自分が可笑《おか》しくなった。

「今すぐ、明日変えるのは難しい。でもね、最近思うんだよね。僕らは、目の前の患者さんに対して一生懸命やるのは当たり前で、それはやりながら、もう一方で先を見据えないといけないのかなって」

「先？」

「言ってみれば、この病棟に、蓮田市リハビリテーション病院の回復期リハビリテーション病棟の文化みたいなものを作っていく、ような」

久しぶりに聞く、太一の突拍子もない、でも生真面目《きまじめ》で青臭い提案に玲子はなんだか嬉しくなって聞き返した。

「文化?」

「そう。ここの病棟はこういう価値観の下《もと》に回っているんだよという、みんなの共通認識。意識するものじゃなくて、無意識の中に存在するもの」

「そんなの。できます?」

目の前の治療、看護のことで精一杯な玲子に、太一の言っていることは壮大すぎてイメージが湧かなかった。

「難しいよ。多分、南さん一人が背中を見せるだけでは、文化にはならない。その価値観を言語化して、発信し続けないといけない。しかも、その価値観は、正しい理論に基づき、道義的でないといけないけど、正義を振りかざしすぎると、人の耳には入らない」

周囲の高揚した空気にはおよそ相応しくない太一の整然とした、けど玲子には複雑すぎる内容に、玲子の頭は少しついていけなかった。が、その言葉たちが解けながら玲子の脳に到達した頃には、自分の中に思い当たる節がいくつかあるのだった。

自分の考えのどこかに、同僚に対して看護師なんだからそれくらいすべき、という正義の名を借りたある種の押し付けがあったことは否定できないし、だから、伝えようとする努力を尽くせていたかと言われると違っていたのだった。むしろ、少ない言葉の向こう側で、なんで、わからないの？　といきり立ち、悲しんで見せることにある種の優越感がなかったか。私は正しいのに、と思うことで、悲劇を演じていなかったか。

考え込んだ玲子に対し、太一は声のトーンを少し高めて言った。

「ま、難しく考えるより、自分の家族や、仲間を入院させたいって心から思える病棟に、したいよね」

一転してシンプルになった太一の言い回しに、玲子は大きく頷いた。

「先生はお酒飲まないんですか？」

まひろの片手には紙コップに注がれたビールがあり、それを美味《おい》しそうに一口飲んでから、太一に尋ねた。

「あんまりお酒強くないんですよ。飲めないわけじゃないんだけど」

「へー。人生、損しているってよく言われません？」

「まあ、時々」

まひろの頬はほんのりと赤く染まっていたが、その立ち振る舞いは何も変わっていなかった。

「お酒、強そうですね」

「そういう女性は可愛くないですけどね。まあ、酔っ払いもしないのに、なんで飲んでいるんだろうって、自分でも時々思います」

言葉とは裏腹に喉を鳴らして美味しそうにビールを飲むまひろに、太一は少し圧倒されていた。

「野呂君のリハビリ、ありがとうございました」

「こちらこそ。良かったですね。後遺症が軽く済んで」

まひろが他人事のように話すので、太一は不思議に思った。

「大迫さんの力ですよ」

「彼の、野呂さんの力です。私たちは、お手伝いをしただけで」

まひろが見せた意外なこだわりの無さは、あの、周りとの関係を拒絶して自分のやり方を押し通そうとする姿と矛盾しているように思われ、太一はその理由を知りたかった。

「自分の手柄とは思わないんですね。そう思う資格、あると思いますけど」

まひろはゆっくり首を横に振った。

「違います。私が、たまたま野呂さんのリハビリをやる場所にいた。それだけのことです」

周囲には綿菓子を持った浴衣《ゆかた》姿の親子連れや、ビニール袋に入った金魚を眺《なが》める高校生、人はどんどんと増えて、通りの向こう側も見えなくなるほどだった。周りのざわつきは太一にとって心地よく感じられ、その中でまひろの言葉を待っていた。

「自分より才能がある人も能力がある人もたくさんいます。その人たちに相応しい場所に、自分がいる場合もあります。その時、どうします？　この場所、譲りますか？」

「どうかな。場合によっては、そうするかもしれませんね」

太一はそう自分で答えておきながら、すぐに疑問に思ったが、言い直そうにも、結局のところ自分がどうするかはよくわからなかった。

「私はこれまで必死で居場所を確保してきました。自分の不出来が後ろめたい時だってありました。今もあります。でも、だから、がむしゃらにもがくしかないんです。それか、舞台から降りるか、どちらかです」

まひろは持っていたビールを一気に飲み干し、太一の方を見て、笑って見せた。

「小塚先生、お疲れ様です」

城咲の、女性だけでなく男性をも魅了するような笑顔に、太一は思わず本音を漏らした。

「今日、城咲さん来てくれて、本当によかったです。女性陣、怖くないですか?」

「大迫さんはパワフルだし、南さんも最近ますますしっかりしてきていますもんね。でも、三人仲良さそうにしていていてよかったじゃないですか」

離れたところで談笑する三人を見て、城咲は微笑んでいたが、太一は、おそらくさおりが気を遣っているのだろうと想像すると、城咲ほどは楽観できなかった。それでも、悠馬の治療を経験したことで、彼女たち同士の関係性ができ始めたのは太一にとって喜ばしいことだった。

「先生も大変ですね。旗頭《はたがしら》」

「正直、自信はないです。そういうタイプじゃないですし」

遠くで叩かれた太鼓の音が、夏の夜風に乗り、二人の耳に届いた。

「そんなことないですよ。先生は、僕らがいくら向いていますよ、と言っても信用しないでしょうけど」

「いや、そんなつもりじゃ」

太一は、城咲に気を遣わせているように感じ、慌《あわ》てて否定したが、城咲はまったく気にしていないようだった。

「先生みたいなタイプは、自己評価に向いていません。しかも、他人からの評価も簡単には受け入れられない」

「厄介ですね」

「いえ。それは普通のことだと思います。自分を過大評価する人じゃなければ、みんなそうだと思いますよ」

「じゃあ、どうすればいいのでしょう」

城咲はにっこりと笑って、あくまで私見ですが、と前置きした後にこう話した。

「自分が信じられる人に評価してもらうのが良いと思います。多くの場合、それは好きな人ですが。自分で自分を評価するのは難しいけど、自分を評価してくれる人を選ぶことはできるじゃないですか」

太一が、城咲が自分より数段大人なことに改めて感心していると、向こうから三人が戻ってきて、酔っ払った玲子が絡《から》んでくるのだった。

「何、二人で秘密の話しているんですか！　どうせ、あたしの悪口でしょ」

「そんなことないですよ。小塚先生だけですよ」

「そうそう、城咲さんがそんなこと言うわけないじゃない」

玲子は、据《す》わった眼で太一を睨《にら》みつけた。

「なんで、先生があたしのこと悪く言うんですか！　一番弟子なのに！　こんなに頑張っているのに」

「冗談だよ」

「ほら、二人とも南さんのこと揶揄《からか》わないでよ。本気にしたら可哀そうでしょ」

さおりは玲子の頭を撫でながら、二人を窘《たしな》めた。まひろはそれを可笑しそうに見ていた。気づけば、太鼓の音は止んでいて、いくつかの屋台は店仕舞いを始めていた。五人はそれぞれの帰途につくために、冗談を言い合いながら、蓮田駅に向かって並んで歩き出した。

三章　治らない患者

玲子《れいこ》は、翌日の入院患者のことで太一《たいち》に呼ばれていた。玲子がまだ駆け出しの頃は、入院受けの前日に太一から指導を受けたり、宿題を出されることもあったが、最近はそのようなことはほとんどなかったので不思議に思っていた。が、大学病院からの紹介状を見て、納得がいった。

脳腫瘍《のうしゆよう》術後、放射線療法後。

五十三歳の石神猛《いしがみたけし》の病名は、膠芽腫《こうがしゆ》という悪性の脳腫瘍だった。

「予後、悪いですよね？」

「少なくとも、側頭葉《そくとうよう》にあった脳腫瘍は可能な限り全部切除されているし、術後に放射線もあてていて、全身状態としては落ち着いていると書いてあるけど」

症状の変化や、画像上再発が疑われる場合は、速やかにご連絡ください。主治医の脳外科医の紹介状の最後に加えてあった一文が、石神の病状は予断を許さない状況であることを物語っていた。

翌日、車いすで転院してきた石神は右半身の運動麻痺《まひ》と軽度の失語症状を呈《てい》していた。

失語とはその字の通り、言語機能の損失、障害のことで、失語症状は様々なタイプに分かれる。しゃべりにくくなる人、読めなくなる人、聞き取りの理解が難しくなる人、などその組み合わせもあるのでよりたくさんの分類になるのだが、石神はしゃべりにくくなるタイプだった。それでも、比較的症状は軽く済んでおり、時々、単語が出なくて話がたどたどしくなることはあったが、コミュニケーション上の大きな制限にはなっていなかった。

妻の夏美《なつみ》と娘の容子《ようこ》に付き添われ、石神は太一との入院時の面談に臨《のぞ》んだ。その第一声は、

「早く仕事に戻りたい」

だった。石神は仕事に穴を空《あ》けていることをとても気にしていて、時々言葉に詰まりながらも早く体を治して復帰したいと訴えた。それを複雑な表情で聞いていた夏美と容子は、時折、

「焦《あせ》らずに、まずはリハビリを頑張って、お家に帰りましょう。仕事のことは落ち着いてからまた考えればいいじゃない」

と、石神に訴え、彼もそれに一応の理解を示しはするものの、焦りの色は拭《ぬぐ》えなかった。

「ここでの目標は、皆様がお話しされたように、まずは自宅での生活へ復帰できるよう

に、手足や言葉のリハビリを行うことです。もちろん、その次には復職を見据えますが、まずは安全に歩けること、身の回りの動作ができること、を目標にしましょう。運動麻痺の状況や推移から考えますと、まずは一か月後の退院を目指していきますが、リハビリの経過を見て、相談していきましょう」

玲子は、横で聞いていて、太一にしては入院期間を明確に、しかも短めに提示したな、と感じていた。もし、今ある症状だけを見たら、もう少し長めに見積もるのがこれまでの太一のやり方だった。その理由は、面談が終わり、石神を病室へ案内し、転院の移動や手続きで疲労の見えた彼をベッドに寝かせてから、ご家族と共に太一の残る面談室に戻った時に明らかになった。

「石神さん、大丈夫だったかな?」

「はい、少し疲れたって。まだそんなに体力が戻っていないようですね」

太一は、玲子の報告に一つ頷《うなず》くと、改めて夏美と容子の方に体を向けた。

「何度もすみません。本来ですと、もちろん、ご本人も交えてお話しすべきですが、デリケートな案件のため、まずはご家族様から伺《うかが》えたらと」

二人は神妙な面持《おもも》ちで太一と対面し、特に夏美からは蓄積されてきたであろう疲労感が見て取れた。働き盛りの夫が何の前兆もなく病気にかかり、生活が一変したのは本人から直接話を聞かなくても自明であった。

「まず、ご家族様は、前の病院、脳神経外科の主治医の先生から、どのようにお聞きになっていますか？　猛さんの病状について」

少しの沈黙の後、夏美が口を開いた。

「腫瘍自体は悪性だと聞いています。治療しなければ、一か月後も保証できないと言われました」

夏美の横で、これまで気丈に振る舞っていた容子の目に涙が浮かんで、零《こぼ》れた。

「手術は成功したと言われました。しかし、完全に腫瘍を取り除くことは不可能なので、追加で放射線を、と」

「そのことをご主人は？」

「もちろん、知っております。ただ、再発の可能性のことはピンと来ていないのかもしれません。考えないようにしているのかもしれない。先ほどのように、仕事への復帰を、とにかく考えているので」

太一は、その言葉を聞いて、何度か頷くと、ゆっくり口を開いた。

「よくわかりました。もちろん、再発がないことを願っておりますし、ここまでの治療は順調に来ていると理解していますので、そこに過度な心配をするよりはリハビリに集中したいと思います。ただ、そうは言ってもやはり、早くご自宅の生活に戻れることが、今、一番優先されるべきだと思っておりますので、少し急ピッチで進めていきます」

太一の、石神を早く自宅に戻してあげたいという台詞《せりふ》には、裏を返せば、この先何があってもよいように、という思惑を玲子は感じ取ったし、それはおそらく二人も理解したようだった。容子は、何かを言おうと口を開きかけたが、その口をもう一度つぐんだ。


そして、翌日から石神のリハビリが始まった。さおりとまひろ、城咲《しろさき》が担当となり、玲子も含め、太一から早期の退院を目指す旨が伝えられた。

石神の右半身の運動麻痺は全く動かないような重度のものではなかったが、決して軽度とは言えず、食事や着替え、トイレでの動作など、生活全般に介助が必要な状態だった。妻の夏美は、平日休日問わず、毎日面会に来て、彼女が病院にいる時は石神の生活の手助けはほとんど全て行おうとしていた。

石神本人は積極的にリハビリに取り組んでいた。転院早々はまだ体力が戻っておらず、それぞれのリハビリの合間にベッドで横になる姿が見られたが、それも徐々になくなっていき、そうすると元来の几帳《きちょう》面《めん》な性格からか、自分でタイムスケジュールを作り、その空《あ》いている時間に廊下の手すりを使って車いすから立ち上がる練習を行っていた。

時も、夏美と、仕事が休みの日には娘の容子が来て、付き添っていた。

言語療法の方は、今回、幸いにも石神の失語症状が軽いこともあり、退院に向けての障壁にはならないようであった。実際、病棟生活でのコミュニケーションに困るということもなく、時々、あの、とか、あれ、とか単語が出てこない場面は見受けられたが、その回数も減っているようだった。

「こういう症状はゆっくり改善していきますし、今も、日一日よくなっているので焦らずに治しましょう」

城咲は、石神と家族に練習法を指導して、退院後でも継続してトレーニングする重要性を説明していた。


石神の理学療法、主に歩行能力は基本的に右肩上がりに来ていたが、その日は調子があまりよくなかった。歩いている時、右足に荷重する時間が短いのにさおりは気づいた。

「石神さん、右足、痛いんじゃないですか？」

さおりが触《さわ》ってみると、お尻の筋肉、中殿筋《ちゅうでんきん》のあたりに圧痛《あっつう》があった。

「お部屋でかなり立ち上がり練習やっていますよね？　ちょっとオーバーワークかもしれませんね」

夏美は少し離れたところのベンチに座って、石神のリハビリを見守っていた。

「今日は、歩行練習、少なめにしておきましょう」

さおりの提案に、石神はさおりの目を見て、答えた。

「いえ、大丈夫です。いつも通りお願いします」

「でも……」

石神がチラッと夏美の方を見るのが、さおりから見えた。

「昨日よりリハビリで歩く距離が短くとなると、妻が心配します」

石神の真剣な眼差《まなざ》しに、さおりはその要望を聞き入れるしかなかった。結局、昨日より少しだけ歩く距離を減らしただけで、ほとんど同じメニューを石神はこなした。さおりから見れば、右足をかばっているのはわかるが、おそらく夏美の目にはそれもわからないくらいに、石神は表情を変えず、同じように歩いてみせたのだった。

さおりは、玲子に理学療法の様子を伝え、自主訓練のメニューを少し控えるようにお願いした。

「頑張ってくれるのはありがたいんだけどね」

玲子は、病棟で夏美から聞いた話をさおりに伝えた。

「夏美さんが言っていました。石神さんは自分の弱いところを他人に見せない人だって。

唯一、奥さんにだけ、それを許していたって」

ナースステーションからは、車いすに座っている石神とその横にいる夏美の姿が見えた。

「奥さんにも言えなくなってしまったのかもしれません」

「難しいよね。誰だって、愛している人には悲しい思いをさせたくないし。悲しい顔だってさせたくないし」

さおりも玲子と並んで、夫婦の姿を眺《なが》めていた。

「でも、どうなのかな。愛している人に自分の弱いところを見せられることは、悲しいことではない気はするんだよね」

さおりは、玲子に目で挨拶をすると、次の患者さんのもとに向かった。

「私もできなかったけど」


そうして負荷量を調整した後は、理学療法の進み具合は順調だった。初めの頃は杖と足首を支える短下肢装具を用いた歩行訓練を行っていたが、徐々に杖を外せそうだとさおりは玲子に話した。

「退院までに、屋外は杖で、お家の中は、杖なしで歩くことが目標だね」

石神は、早く装具も外したい、そうしないと仕事の革靴が履けないから、と訴えていたが、太一とさおりから現状を説明され、ある程度は納得したようだった。


「この手は治せる」

最初に石神の上肢《じょうし》の麻痺《まひ》の程度を確認して、まひろは確信した。手指の分離運動（指の一本一本の独立した動き）も一部出始めているし、感覚も触覚こそだいぶ低下しているが、深部感覚、すなわち筋肉や関節の動きを感じる能力は十分保たれていた。太一からの指示、生活動作をできるだけ早く再建すること、は理解しているが、この麻痺なら治してしまえば、生活動作はその後すぐに習得できるであろうという見込みがまひろにはあった。何より、治せる麻痺を後回しにするということは、まひろにとって考えられないことであった。

その日、石神が作業療法を終えた後、まひろに話しかけた。石神は昨日より難しい課題をクリアして機嫌が良く、笑顔でまひろにリクエストをした。

「仕事でパソコンを使います。もう少し頑張れば、パソコンを使えるようになりますよね？」

「そうですね」

実際、今の石神の上肢機能であれば、もう少し改善すればパソコンのキー操作を両手で行えるようになる見込みはあった。

「妻に、見せたいんです。できるようになったところを」

そのためには、手指の独立した細かい動きが必要になる。まひろはそのメニューを考えていた。

太一は退院に向けて、玲子に病棟での生活動作の様子を聞いていた。

「食事もスプーンやフォークであれば、右手でできるようになってきています。着替えも、ボタンを留めたり、靴下を履くのはまだ難しいけど、それ以外は自立です」

「入浴は？」

患者さんにとってお風呂の動作というのは難しいものだ。そもそも床が滑《すべ》りやすくて危険が多い上に、仮にシャワーだけにしても、風呂場に入るための動作も含めて歩行やバランス、手の機能と全部が必要になる。

「そこはまだ介助が必要です。でも、奥さんがやってくれると思います。今度、入浴の日に来ていただいて、介助の仕方を指導します」

玲子は、石神が自宅に帰れるための動作、条件をすべてチェックしてあった。これなら、退院の話ができると判断した太一は、石神と夏美に具体的な退院日を決めるための話をすることにした。

玲子は、石神と夏美を連れて、太一の待つ面談室に向かった。石神の足取りは力強くなってきており、それだけ見ても、退院は可能であるように思えた。

「石神さん、リハビリを頑張っていただいた成果が出ています。そろそろ退院の日にちを決めておこうと思いますが」

それを聞いた石神が困ったような表情になったのを見て、玲子は不思議に思った。石神は少し考えてから、口を開いた。

「ありがとうございます。私も体が良くなってきていると感じています。先生方のおかげです」

石神は一度頭を下げると、言葉を続けた。

「ただ、今、退院してしまうのは勿体《もったい》ないと思うのです。やっと、良くなってきている手応えがあって。歩くのもそうですが、手が、特に変わってきているので」

太一はチラリと玲子の方を見ながら、もう一度提案をした。

「お気持ちはわかります。けど、早くご自宅の生活に戻って、慣れていくのも大事だと思います」

「石神さん、リハビリは外来でもできるし、そもそもお家に帰るためにリハビリをしているわけですから」

玲子の援護射撃にも、石神の意思は変わらなかった。

「わかります。ただ、仕事のことを考えたら、もう少し良くなってから帰りたいのです。この体で一人で外来に来るのはまだ難しい。妻に迷惑をかけてしまいます」

夏美は俯《うつむ》いてその話を聞いていた。

「もう少しだけ、入院を継続させていただけませんか？　こちらの手で、パソコンが打てるようになれば、家で仕事もできるんです」

太一は、石神の話を聞いて、頷くと、夏美に問いかけた。

「じゃあ、もう少し入院継続ということでよろしいですか？」

夏美は、石神の顔を一度見つめると、太一に向かって頭を下げた。

「はい。よろしくお願いします」

「わかりました。それでは、もう一度、時期と目標について相談しましょう」

二人の向こう側に玲子の不安そうな表情が見えて、太一は普段以上に感情を抑え、立ち上がると頭を下げた。

「あれ？」

まひろは、石神の手を触って違和感を覚えた。

「昨日より、筋緊張が緩《ゆる》い」

石神に手を動かしてもらうと、昨日よりもわずかに動きが鈍くなっていた。

「何か、変な感じします？」

まひろの問いかけに石神は特に気にする素振りもなく、

「いや、特に変わりないですけど」

と答えた。確かに、その変化は小さなものだったので、まひろはそのまま作業療法を続けたが、リハビリを終えて彼を部屋に帰した後も、どうしても気になったので、太一に連絡を取ることにした。まひろが院内電話でコールすると、太一はすぐに電話口に出た。

「本当に少しなんですけど、石神さんの麻痺が悪化しているんです」

「わかりました。診察します」

太一はそう短く答えると、電話を切った。

夕方、まひろが病棟を訪れると、ナースステーションの中で玲子が何やら慌ててパソコンのキーを叩いていた。そして、まひろに気づくと、座ったまま見上げるように話しかけた。

「石神さん、明日転院になります。元の大学病院へ。今、小塚先生がご本人とご家族に説明しています」

玲子が作っていたのは、転院のための看護師の申し送りの書類だった。まひろは慌てて、玲子に尋ねた。

「どうしてですか？」

「さっき撮ったMRIで脳腫瘍の再発が見つかりました」

まさか、という思いと、やはり、という思いがまひろの中で交錯した。しかし、前者の方が圧倒的に大きかった。手の動きのわずかな低下以外は見た目にも石神の調子は悪くなかったのだ。言葉を失くしたまひろに向けられた玲子の視線が、彼女の思いを表していた。

「早く自宅に帰してあげたかったです」

まひろが廊下に目を移すと、石神と夏美が肩を落として歩いていた。太一の説明を聞き終えたのだろう。まひろは、石神に声を掛けに行くことができず、ナースステーションに立ち尽くしていた。

太一も神妙な面持ちで入ってくると、玲子とまひろに向けて声を掛けた。

「ご本人と奥さんに話しました」

その後、まひろに向けて
「大迫《おおさこ》さん、ありがとうございました。麻痺の症状に早く気づいてくれて助かりました」

と続けた。まひろはやっと気を取り直して、太一に尋ねた。

「あの、石神さん、これからどうなるんですか？　治療とか」

臨床の際にはほとんど感情を表情に出さない太一にしては珍しく、落胆の色を隠しきれていなかった。

「おそらく、再手術か、化学療法かの選択になるのではないかと思う。石神さんはまだ若いし、体力もあるから再手術かもしれないけど、この前の手術から再発までの期間が短いのがね」

「その、石神さん、自宅に帰るのは難しいんでしょうか？」

「わからない。次の治療がどのくらいうまくいって、その後リハビリができるか、かな」

「そうですか……」

まひろは、太一と玲子に挨拶をして、ナースステーションを出ると、作業療法室へ戻った。すると、技師長がまひろを訪ねてきていた。技師長は、理学療法士、作業療法士、言語聴覚士をすべて統括する責任者で、主任であるまひろの上司にあたる。技師長が直接まひろを訪ねてくるのは初めてだった。話がある、とまひろに告げた技師長は、まひろを連れて部屋を出た。

「単刀直入に言うが、君の指導方法に対するクレームが私の所に多く来ている。具体的には、まだ経験の浅いセラピストに求めるレベルが高すぎる。答えを教えてくれない。考えを頭ごなしに否定される。総じて言えば、厳しすぎてついていけないということだ」

別室でそう告げられ、普段ならそれに対し、様々な思考が浮かぶまひろも、この日はそうではなかった。

「そうですか。ご迷惑をおかけしてすみません」

まひろの返事は、おそらく技師長からすると拍子抜けするものだっただろう。少しの沈黙の後、取りなすように言葉を続けた。

「まあ、私としても、何も動かないわけにはいかないので今日は注意しに来ました。セラピストの臨床に対する考え方は人それぞれな部分があるし、特に今の若い子は叩き上げというやり方では育たない。指導する際は相手の意見や立場をよく尊重しないといけません。今後はそれを肝に銘じて、指導に当たってほしい」

「わかりました。本当にすみません」

自分の机に戻ると、もう部屋には誰もおらず、まひろは大きなため息と共に椅子に座りこんだ。

自分はどう思われようがよかった。今でも、それは変わらない。ただ、それはあくまで自分が患者さんをよくできるからだ。それに対して、自分は誰よりも自分を追い込んできた自負がある。それは自惚《うぬぼ》れではなくて、自分より優れている療法士がいれば、自分はいくらでも耳を傾けられるし、でも、患者さんをよくできない者たちには正義はないと思っていた。それが間違いだとは思わない。

「もしかしたら」

患者さんをよくする、という定義に独《ひと》りよがりな部分がなかったか。今回の、石神のリハビリを振り返ると、まひろの中に不安の雲が垂れこめてきた。石神は確かにまひろのリハビリを受けて喜んでくれていた。彼の希望にも添っていたであろう。しかし、結果として、彼は自宅には帰れなかったのだ。それは彼にとっても、家族にとっても幸せなことだったのに。

自分は、自分の技術をひけらかすために、情けない自尊心を満たすために、リハビリをやっていたのではないか。本当にきちんと患者さんに向き合えていたのか。そう思うと、まひろの心はこれまで感じたことのない恐怖感で震えてくるのだった。もしも、向かっている方向が違っていたのなら、自分が前に進んできた分だけ取り返しがつかないのではないか。歯を食いしばって一歩を踏み出してきたのに、それは目標から遠ざかっていたのか。

玲子の自分への視線が思い出された。彼女は、はっきりと怒りの目でまひろを見ていたのだ。一人だけ違う目標を持っていたのを見透かしていたのだ。今まで「甘い」と思っていた玲子たちのやり方こそ、自分に欠けていたのか。

まひろはふらふらと立ち上がり、ドアを開け、療法室を出た。もう、外の廊下の照明は減らされ、薄暗い廊下を歩いた。

「大迫さん」

振り返ると、そこに夏美が立っていた。普段ならもっと早く帰っているはずだが、今日は、太一からの話もあり、明日の転院の準備もあったのだろう。大きなバッグを抱えた夏美は、気丈に振る舞っていた。

「リハビリ、本当にありがとうございました。主人がいつも、こんなに手が動くようになったって、私に嬉しそうに話してくれるんです。病気になって、手足が動きにくくなって、暗い表情の時が多かったけど、こちらに来て、皆さんのリハビリを受けてから、笑顔が増えてきて、嬉しかった」

夏美は、二度お辞儀をして、笑顔を見せた。しかし、その瞳には涙がにじんでいた。

「このまま、良くなるかなって思っていたんですけど。そんなに甘くないですね。これからどうしたものか」

夏美にかける言葉を、まひろは持ち合わせていなかった。こんな時に、太一や玲子ならどのような言葉で夏美を支えるのか、それを知っていれば少しは役に立てたはずなのに。まひろは唇を噛《か》んだ。

「娘の容子が結婚するんです。あの子、式はお父さんの病気が治ってからって言っているんですけど」

肩を落として立ち去る夏美の後ろ姿を、まひろは黙って見送るしかなかった。

四章　人生に関わる

蓮田《はすだ》市リハビリテーション病院に石神猛《いしがみたけし》の入院申し込みが再びあったのは、転院してから一か月後のことだった。太一《たいち》は、その話を病棟医長の山根《やまね》から伝えられた。

「どうする？」

山根から手渡された大学病院からの紹介状には、転院してからの経過が詳細に書かれていた。

『腫瘍《しゅよう》の拡大スピードが早く、このままでは早ければ二か月程度の予後と予測された。本人、家族と相談の上、再摘出（手術）の方針とした。手術は根治的なものではなく、生存期間の延長を期待してのもの。手術後、意識障害、呼吸障害、嚥下《えんげ》障害、重度片麻《へんま》痺《ひ》が残存しており、酸素投与、経管栄養中。途中、肺炎を合併し、抗生剤投与を行った』

リハビリを行うには全身状態が悪いので、山根は太一に訊いてきたのだった。

「向こうの先生から直接電話もあってな。緩和ケアに移行するのを勧めたんだが、本人と家族がどうしても、うちでもう一度リハビリしたいって希望しているらしい」

太一は少し考えてから、山根に逆に問いかけた。

「正直、もう少し落ち着いてからじゃないとリハビリは厳しいかな、とは思いますが、おそらくそれを待っていられる時間はないのだろうと思います」

　山根は黙って頷《うなず》いた。

「一度、内科病棟で受けてもらってもいいですか？　それで、落ち着いたらリハビリ病棟に移します」

「わかった。内科病棟の医長と看護師長にはオレから話しておく。じゃあ、転院受けるぞ」

　リハビリ科全体を管理する山根の立場からすれば、本来、このようなイレギュラーな形の入院は好ましくないはずだった。太一が山根に深々と頭を下げると、山根は太一の肩をポンと一つ叩いた。

　そうして、その三日後に石神は再び蓮田市リハビリテーション病院に戻ってきた。しかし、この前は歩いてここを出発していったのに、今回はストレッチャーでの入院だった。

「また来ちゃいました」

　無理やりの笑顔を見せた石神の声はかすれていてほとんど聞き取れないほどだった。その様子を夏美《なつみ》と容子《ようこ》が心配そうに見守っていた。

「おかえりなさい」

最初に石神に声を掛けたのは純平《じゅんぺい》だった。この入院を内科病棟で受けるという話が決まった時に、純平は自ら名乗り出て、石神の担当になったのだった。純平は石神を病室に招き入れると、テキパキとヴァイタルサイン（血圧や体温、脈拍、呼吸数など）を測定し、前の病院から持ってきた酸素ボンベから病室の酸素に繋《つな》ぎかえた。

「移動大変でしたね。でも、体の状態は落ち着いていますよ。呼吸状態も良いです」

純平の人を和《なご》ませる優しい語り口を、太一は懐《なつ》かしく思って聞いていた。それに応えるように石神も笑顔を見せた。

「小塚《こづか》先生、お願いがあります」

ベッドに横になった石神の声を聞くために、太一はベッドの脇まで近づいた。

「娘が結婚するんです」

「おめでとうございます」

太一が振り返ると、容子が目に涙を浮かべながら、恥ずかしそうに笑った。

「娘の結婚式に、娘の手を引いてバージンロードを歩きたい」

石神がどうして、もう一度ここでリハビリをしたいと希望したのか、太一は理解した。石神は、腕を組んで歩くよりも、自分の右手でもう一度娘の手を握りたいと繰り返した。

夏美や容子は、

「この子が小さかった頃のように」

石神の言葉に、容子の目に溜まっていた涙がはらりと零れ落ちた。

娘の容子は結婚式の予定を急遽早め、一か月後に式場を押さえていた。夏美や容子は、車いすでもいいから石神が参列できれば、と思っていたが、本人の希望は違っていた。

「よろしくお願いします」

石神の言葉に合わせて、夏美と容子が頭を下げた。太一は急いで石神の体の動きを診察し、それから三人に向けて語り掛けた。

「わかりました。ベストを尽くします」

太一の一言で、緊迫していたその場の空気が緩《ゆる》んだ。太一は、そのまま説明を続けた。

「簡単ではありません。前にリハビリを始めた時より手足の運動麻痺は重い状態です。しかも、まだ呼吸状態が落ち着いていませんし、リハビリを行う体力も不十分です」

酸素の音が部屋の中に間断なく響いていて、石神は意識してか、大きく一つ深呼吸をした。

「まずは、ここ、内科病棟で、リハビリを積極的に行えるところまで呼吸状態を安定させ、体力も戻します。もちろん、リハビリも開始します」

太一が純平に視線を向けると、純平は大きく頷いた。

太一は、純平と治療方針の相談を終えると、リハビリの指示を出した。内科病棟入院中は、ベッドサイドリハビリ、つまり療法士が石神のベッドを訪れて行うリハビリ、の方針とした。担当は前回入院時と同じメンバー、さおりとまひろ、城咲《しろさき》となった。

一週間後、石神はリハビリ病棟に移ることになった。その話を聞いた玲子は、太一を捕まえて話しかけた。

「早くないですか？　もう少し内科病棟にいるものかと思っていましたけど」

太一はそれには直接答えず、後で純平が申し送りに来るから、聞いておいてと玲子に頼んだ。

純平は、自分の病棟から石神を車いすで連れてくると、玲子と一緒に石神をリハビリ病棟のベッドに寝かせた。

「おかえりなさい」

玲子は、既に石神が車いすに座れるようになっていることに驚いていた。転院してきた時は座位を取ることも難しかったと聞いていたからだ。ナースステーションに戻ると、純平は玲子に転院後の経過を説明し始めた。

まず、石神の呼吸状態が不安定だったので、純平はさおりと連携しながら、病棟での呼吸リハビリテーションを開始した。できるだけ多くの体位を取り、痰《たん》が肺の一か所だけにたまりにくくすることで、排痰を促《うなが》した。また、腹式呼吸を指導して強い咳を出せるようにしたことによって酸素投与が必要な状態から離脱させた。

そうやって呼吸状態を落ち着かせながら、時間を決めて少しずつ離床の時間を延ばしていった。純平は血圧や脈拍、血液中の酸素飽和度の値を見ながら石神が無理なく座っていられる時間を増やしていき、石神の覚醒度と体力を上げていった。そうして、石神は、日中はベッドに寝ていることなく、車いすで生活できるようになったのだった。

嚥下《えんげ》（飲み込み）に関しては、肺炎の予防も兼ねて口腔内の清拭《せいしき》、マッサージを行い、城咲と時間を合わせて少量の嚥下訓練を開始していた。

「すごいね。頑張ったね」

このたくさんの立案と、実際にそれを行うことの大変さを玲子は身に染みてわかっていたし、何よりその成果として石神がここに来ていることが、純平の貢献の証明だった。

玲子が目を丸くしているのを見て、純平は照れ臭そうに笑った。

「別にリハビリ病棟にいる看護師だけがリハビリナースじゃないですよ。僕、あれから、ここで自分が看護師としてスタートさせていただいて、自分のわがままで内科病棟へ移してもらってから、次に小塚先生と南《みなみ》さんと一緒に働ける時は、自分も立派なリハビリナースになっているところを見せようって、ずっと思って働いてきましたから。内科だって、救急だって、患者さんの病気だけを診《み》ている看護師じゃダメでしょ？　ここで教わったことです。僕、ずっと、その人を診ようと思ってやってきましたから。患者さんの希望を叶《かな》えられるナースであるようにって、考えてきました。それがリハビリナースでしょ？」

玲子の目には自然と涙が溢《あふ》れてきて、気づかれないように後ろを向いてそっと拭《ぬぐ》った。玲子には、純平の成長が嬉しかったと同時に、とても頼もしく映ったのだ。たとえ違う病棟で働いていても、同じ気持ちで働いている看護師がいるという事実が、玲子を勇気づけた。そして、自分も負けていられないという思いに変わり、純平が必死でつないでくれた治療のバトンを持って、今度は自分が前に進めていくのだと、決意を新たにした。

その日、太一は、石神を担当するメンバーを集めた。部屋に集まった玲子、さおり、まひろ、城咲を見渡して、太一が話し始めた。

「みんなもう知っていると思うけど、石神さんの希望は、娘の容子さんの結婚式に出ること。バージンロードを、手をつないで歩くことです」

太一の言葉に、皆、視線を落とした。今、あの右手足の動きと、全身的な消耗を見ていたら、ここまで回復してきているとはいえ、相当難しいことは誰の目にも明らかだった。

「先生、それは難しいんじゃ」

玲子の言葉を遮《さえぎ》るように、城咲が口を開いた。

「すごいんだよ。石神さんの集中力。どんなに体が辛そうでもリハビリは休まない」

城咲の言葉に、太一が続けた。

「難しいのはわかっています。でも、目標を絞れば不可能じゃない。十メートル歩くこと、そう考えれば可能性は十分にある」

太一がきっぱりと言い切った後に、さおりと城咲が小さく頷《うなず》いた。太一はもう一度全員の顔を見渡しながら、間をおいて話し出した。

「石神さんが、石神さんの家族が、もう一度リハビリしたいって希望してきてくれたんです。こういうことって初めてじゃないですか？」

「そうですね」

太一は玲子の方を見て頷いた。

「僕らの仕事は、患者さんとは大抵一度きりの付き合いだし、ほとんどの場合は偶然の出会いです。でも、今回はそうじゃない。石神さんは、自分の人生の重要な目標を叶える、おそらく最後のチャレンジを、僕らとやりたいって言って来てくれているんです」

玲子は、かつて聞いた、太一の父親の話を思い出していた。病気になった太一の父親は、そのチャレンジの機会すら与えられなかったのだと思うと、太一の胸中に去来するものがなんであるか、少し理解できる気がした。

「僕らの物差しは、きっと治す、治せない、だけじゃない。その患者さんの人生にとって、全力で関われるかどうか。石神さんが、僕らをそのパートナーだと思ってくれたのなら、僕らは僕らの技術で、知識で、それに全力で取り組みましょう」

少しの沈黙の後、口を開いたのは城咲だった。

「小塚先生、結婚式の日は経鼻胃管抜いてあげたいですね」

「そうですね。嚥下も構音もかなり厳しいけど」

前回の入院と比べ一番増悪《ぞうあく》していたのが、飲み込みと発音だった。それに伴い、玲子が意見を述べた。

「栄養状態がまだ悪いですよね。リハビリ頑張るならそこを上げてあげないといけないけど、今の経鼻胃管だと注入できる速度が制限されちゃうから」

「結婚式までだけでも、OE法できないかな。それなら、注入量も増やせるし、リハビリの時間にチューブ抜いてあげられるし」

ＯＥ法とは、間歇的《かんけつてき》口腔食道経管栄養法のことで、栄養の管をずっと入れっぱなしにするのではなく、栄養を入れる時だけ管を患者さんに飲み込んでもらうやり方だ。普段はチューブから解放されるので良いが、患者さんが毎回安全に管を飲み込める必要があるし、そのためには患者さん、介助者共に熟練しないと難しい手技である。

「リスクはありますね。毎回ちゃんと管を飲めるかわかりませんし」

城咲の言葉を受けて、玲子が続けた。

「そうですね。石神さんの意識がしっかりしている時で、必ず看護師が付き添うのであれば」

「わかりました。慎重にやりましょう」

太一は、さらに玲子に話しかけた。

「それから、病棟で、できるだけ座っている時間を増やしてください。外出に耐えられるように」

「もちろんです。純平もそうしていたし。さおりさんたちと相談して、離床を進めます」

太一は視線をさおりに向けた。

「黒木《くろき》さん、杖で短距離歩行自立を目標に。装具は変えないけど、もし、膝折れがコントロールできないなら、膝装具を併用してもいい」

「はい。多分大丈夫、杖を使ってよければ、多分、膝は自分でコントロールできるようになると思う。下肢の方は、少し低緊張だけど、全くの弛緩《しかん》ではないし」

さおりは皆の顔を見渡しながら、いつものように涼しげな声で話していたが、太一のところで視線を止めた。

「でも、左手で杖を使ったら」

太一は、さおりと目を合わせて小さく頷くと、まだ視線を落としていたまひろに向けて話しかけた。

「石神さんの右手、握れるようにしてください」

視線をあげたまひろの目は大きく見開かれていた。

「先生、石神さんの手、難しくないですか？」

つい声をあげた玲子に同意するようにさおりも頷いていた。戻ってきた石神の手は、肩から完全に脱力していて、まだ一度も動きを見せていなかった。運動麻痺としては最も重い状態だ。

「できるよね？　大迫《おおさこ》さん」

この日、まだ一度も発言していなかったまひろが、意を決したということが、そこにいる全ての人間にわかるくらい明確に、太一を捉《とら》えていたその視線に力が宿った。

「ええ。できます」

まひろは、太一に向けていた視線をゆっくり玲子に移した。

「石神さんが、娘さんの手を握ってバージンロードを歩けるように。そのために彼の手をよくしてみせます」


作業療法室を歩く足音が控室の方に近づいてくると、ゆっくりと扉が開く音がした。このような時間に尋ねてくるのは太一だろうと思ってまひろが振り返ると、そこに立っていたのは山根だった。山根は持っていた缶コーヒーをまひろに渡すと、何も言わずに立ち去ろうとした。

「先生」

まひろが呼び止めると、山根は扉の前で立ち止まった。

「あの、御馳走さまです」

振り返った山根の顔は、いつものくたびれた笑顔で、やっぱり何も言わず、手首を上に動かした。それに促《うなが》されて、まひろは缶コーヒーの蓋《ふた》を開けると、一口飲んでみた。

「リハビリの時、鏡使うだろ？」

「はい」

理学療法でも、作業療法でも、言語療法でも、リハビリを行う時はよく鏡を使う。患者さんに自身の動きを見せて、より学習しやすくするためだ。

「鏡ってすごいと思わないか？」

「え？　まあ」

「この歳になるとな、いろんなことが忘れっぽくなってきてな。まあ、それでも大抵のものはすぐに確認することができるからいいんだけど」

山根は扉にもたれかかりながら、のんびりとした口調で話を続けた。

「自分の顔って、鏡がないと絶対見られないだろ？　自分なのに、自分が一番見えない。不思議だよな」

「そうですね」

「それって、結局、自分のことは自分が一番わからないってことなんだろうな。まあ、そりゃそうだよな」

「先生、自分の顔を忘れちゃうんですか？」

まひろが笑って尋ねたのに、山根は至極真面目《まじめ》な顔で答えた。

「汚いものを覚えていても仕方ない」

「先生は恰好いいですよ。個性派俳優みたいで」

「それ、ちゃんと褒《ほ》めているか？」

「ええ。とっても」

気づけば、まひろの心は少し軽くなっていて、山根の次の言葉を待っていた。

「自分の二枚目な顔と同じくらい、自分のことなんて自分ではわからないものだ。だから、人には、本当の自分を見つけてくれる誰かが、必要なんじゃないか」

きっと、それはまひろにとって受け入れがたいもののはずだった。しかし、その言葉を体が全く拒否することなく聞き入れられたのは、山根が、普段はほとんど関わりがないのに、自分のことを見てくれているのがわかったからだ。

「私は、それを一人でやってきましたよ」

「偉かったな」

まひろは全身の力が抜けたような錯覚に陥《おちい》り、涙腺もその例外ではなかったことに遅れて気づくと、慌《あわ》てて鼻の奥に力を込めた。

「君に来てもらってよかったよ」

「そうですか？　トラブルばかり起こしていると自覚ありますけど」

思わぬ鼻声で答えたまひろを山根はカラカラと笑って、話を続けた。

「良い組織ってどんな組織だかわかるか？　良いチームでもいい」

「そういうの一番苦手なんです。団体競技も苦手だったし」

まひろはそう言いながら、気づかれないように一生懸命考えをめぐらせた。それは、まひろにとっても大切であることを、この蓮田市リハビリテーション病院で理解してきたからだった。

「変化を恐れないこと。組織というのは、ある意味では決まりごととか、決まった人間関係で成り立っているし、それが最適化された形なんだけど、ずっと同じ形ではやっていけない。取り巻く環境だって変化していくし、各個人だって変化していく」

自分をこの病院に呼び寄せた時ですら明確な説明をしなかった山根が話す内容は理路整然としていて、まひろは彼がその思考回路をいつも隠している意味に思いを馳《は》せながら聞いていた。

「今が良い形で、ずっと信じてきた形でも、明日のために変われるマインドがある組織は強いよ。しなやかで、どんな風が吹いても、それを受けて大きな力に変えられる」

山根が今の自分たちに満足しているかどうかはわからなかったが、部下に対する愛情はその声から伝わってくるようだった。まひろは、自分もその一員と思ってもらえていることを、素直に嬉しいと感じていることに改めて気づいた。すると、自分の中に、これまで感じたことのないようなエネルギーがジンワリと湧き出ているような気がして、まひろは今日のこの日を忘れないでいようと心に誓った。

玲子は、昼間のカンファレンスで、同僚の看護師に、再入院した石神の状態をプレゼンしていた。それはルーチンワークではあったが、玲子にとってはそれ以上の意味があった。石神の目標の達成は、看護師が一丸となって取り組まないと難しいことは明らかで、それを実現できるかどうか、自分の言葉にかかっていることを玲子はわかっていた。

「石神さんの生命予後は月単位です。麻痺は前より進行していますし、嚥下機能も悪化しています」

玲子の言葉をきっかけに起きたざわめきは、少しずつ大きくなると、以前、玲子に周りを見なさいと注意した先輩が発言した。

「その状態でリハビリができるの？　うちはリハビリ病棟だから、あんまり状態が悪いと難しいんじゃない？」

「はい。難しい患者さんだと思います」

玲子は落ち着いて言葉を選んでいった。以前だったら、心細くて逃げ出したくなっていただろうけど、今はそうではなかった。

「石神さんの病気はこれから進行していくかもしれません。でも、彼には確かな目標、一か月後の娘さんの結婚式に出席したいという希望があります」

玲子はそこにいる全ての看護師を見渡した。自分に向けられている真剣な視線を受けて、もう一度お腹に力を込めて、話を続けた。

「難しいって言ってあげるのも私たちの役目かもしれない。でも、それを叶えてあげられるのも、私たちです。それを叶える努力を、患者さんと一緒にするのがリハビリテーション病棟です」

玲子は、石神の看護プランを説明した。体力のこと、栄養のこと、日常生活のこと、看護師の力で彼がどのくらい改善できる可能性があるのか、丁寧に自分の言葉で伝えた。

玲子が話し終えると、少しの沈黙の後、一人の後輩が恐る恐る発言した。

「南さん、あとでその、OE法について教えてもらえますか？　私、まだやったことがなくて」

玲子はにっこり笑って答えた。

「もちろん」

カンファレンスの後に、その後輩が数名の同期を連れて玲子のもとにやってきて、いくつもの質問をしていった。それに一つずつ答え終えると、玲子は午後の業務の準備に急いで取り掛かった。

今日、目の前にある仕事はいつもの仕事だった。でも、その毎日が、少しずつ変わっていく予感を、玲子は今感じているのだった。

体の動きを少しずつ取り戻している一方で、石神の嚥下機能、飲み込みの力はなかなか戻ってこなかった。管を用いて、栄養を注入するやり方はできていたが、肝心の、本人の口から食事を摂取するためのリハビリは難渋していた。

太一と城咲はほとんど毎日のように話し合っていて、時々玲子もそこに呼ばれた。

「嚥下反射自体が弱くなっています。いろんな誘発方法を試しているけど、あまり反応しません」

城咲の報告を太一は真剣な表情で聞いていた。

「頸部《けいぶ》の位置もほとんど試したけど、あまり効果がなかったね」

玲子も気になっている現状を話した。

「実は、最近、嚥下訓練の後、痰が増えているんです。しかも、あまり咳が強くないから、結構ずっとガラガラしていて」

太一は少しだけ表情を曇らせてそれを聞いていたが、意を決したように指示を出した。

「わかりました。もう少し続けます。黒木さんに、呼吸リハの頻度を増やすようにオーダーしておきます。南さん、STの後は、頻回に吸引お願いします。ここで肺炎を発症させたら、全てが難しくなる」

城咲は珍しく考え込むような仕草をして、太一の方を見た。

「城咲さん、わかっています」

太一は城咲の目を正面から見て言った。

「最後の判断をするのも僕らの仕事です」

太一は玲子にも視線を送り、玲子もそれを正面から見返した。あくまで平静を装っていた太一だが、その苦渋に満ちた声に玲子は気づいていた。

「でも、最後の決断をするのに相応《ふさわ》しい僕らでないといけない。最後の一パーセントまでやり尽くして、それからです」

その二日後、城咲の嚥下訓練に太一と玲子は立ち会っていたが、氷片を使ってのリハビリでも飲み込みの改善は得られず、石神は飲み込もうとするたびに弱い咳を繰り返し、指先からモニターしていた体内の酸素の値も低下を示した。

「城咲さん、中止してください」

心配そうに見つめていた夏美の方を一度振り返り、太一は石神と夏美に静かに話しかけた。

「石神さん、今みたいな飲み込みのリハビリは中止にします。このまま続けると、飲み込みがよくなる前に肺炎になってしまう危険性が高い。一度肺炎になると体力が奪われますし、致命的になるかもしれない」

夏美は石神の手を握りながら、頷《うなず》き、彼の目を覗《のぞ》き込んだ。石神は妻の顔を見て、荒れた呼吸を隠すように微笑《ほほえ》んだ。

「わかりました」

太一は、柔らかな口調を保ちながらも毅然と治療方針を二人に伝えた。

「明日からは、口の筋肉の運動や口の中のケアを行います。それも維持的な効果はあります」

それは事実上、もう口から物を食べられないという宣告だった。

その日のリハビリが終わると、玲子はもう一度石神のもとを訪れた。石神はベッドに座ると、右手でテニスボールを握る練習をしていた。

「奥さんはどこかに行きました？」

「帰ったよ。容子の結婚式の何だかがあるらしい。男親にはよくわからないけど」

かすれ声ではあるが、普段と変わらない石神の口調に玲子は少し安心して、飲み込みのことは、あえて話題に上げない方がよいのではないかと考えていた時、石神が尋ねた。

「この管、結婚式の日は抜けるかな？」

石神は、今日、再び挿入された、鼻から胃に届いている管を指差した。

「ええ」

「よかった。さすがに、恰好がつかないもんね」

石神が笑うと、こけた頬《ほお》が深い皺《しわ》を作る。それが石神の強さを象徴しているように玲子は思っていた。

「別に私が主役じゃないけどね」

「そうですか？　花嫁のお父さんなんだから、主役の一人じゃないですか」

石神は首を横に振って、咳払いを一つした。

「父親は緊張するものですか？　結婚式」

「する。多分」

それから、しばしの沈黙が二人の間に流れた。そして、石神がそっと口を開いた。

「ショックだけど仕方ない」

石神の目の奥にはさまざまな想いが渦巻いているのが見えた。ただ、その目に宿った意思の力は、決して弱まっていなかった。

「仕方ないって思わせてくれてありがとうございます」

玲子の耳には、石神のかすれた声がいつまでも残っていた。

まひろが廊下を歩いていると、正面に夏美と容子の姿が見えた。夏美の目に涙が光っているのが少し離れた場所からもわかり、容子はそれを慰めているようだった。二人はまひろに気づくと頭を下げた。

「こんばんは」

二人は、まひろに、石神がもう二度と口からご飯を食べられないかもしれないことを話した。

「父は、本当に私の結婚式に参列できるでしょうか？」

気丈に振る舞っていた容子の目からも大粒の涙が零れ落ちた。薄暗く長い病院の廊下には三人しかおらず、それぞれの声はわずかに残響していた。

「きっと大丈夫です。私たちはそう信じているし、リハビリもちゃんと進んでいます」

疲弊した二人の姿に、まひろの口からは自然と言葉が溢れ出た。このようなことはまひろにとって初めてであった。

「お父さんのことは病院に、私たちに任せて、少しご自分のこと、考えてくださいね。結婚式の準備、大変でしょ」

まひろの作業療法の間にも、必ず二人は石神のリハビリに立ち会っていた。それでは二人の気の休まる時間がないと、まひろはいつも感じていた。

「お父さんは、石神さんは目標に向けて頑張っています。その目標は、ご家族が揃って笑顔でいないと達成することはできません。そのために、ご家族が倒れちゃったらダメですよ」

容子は涙を拭って、少し笑顔を見せた。

「そうですね。心配で、居ても立ってもいられなくて、父から離れられないでいましたが、それではダメですね」

夏美が容子の背中を擦《さす》りながら、何度も頷いていた。容子がカバンから一通の封筒を取り出して、まひろに渡した。

「お休みの日に恐縮ですけど、もし、よろしければ式にご出席いただけませんか？　父が喜びますし、もちろん、私たちも心強いですし」

それは結婚式の招待状だった。まひろは少し考えてから答えた。

「喜んで出席させていただきます。とても楽しみにしていますので、容子さんが良い体調で当日を迎えられるようにしてください」

容子は、ありがとうございます、と言って、お辞儀をした。

石神容子の結婚式は日曜だった。朝、いつものように太一が病棟をラウンドすると、非番のはずの玲子の姿があった。

「どうしたの?」

「いや、一応、石神さんの様子を見てから、式場に向かおうかと」

「その恰好で?」

「そんなわけないでしょ。この後、美容院に行くの」

二人が石神のベッドを訪れると、夏美が既に来ていた。

「体調はいかがですか?」

「絶好調ですよ」

朝の分の栄養を管から注入されながら、石神は答えた。

「これが終わったら、管を抜きに来ますね」

二人は一度、石神のもとを離れてナースステーションに戻った。

「じゃ、私、変身してから行きますので」

「変身後のお姿、期待しています」

「冗談ですよ、何も変わらないです。ほんと、男性はいいですよね。こういう時、楽で」

ぶつぶつ言いながら、玲子は病棟を後にした。太一も石神が病院を出発するのを見届けてから、職員寮の自分の部屋に戻った。

「よかった」

無事、この日が迎えられたことに、太一は安堵していた。太一は、押し入れにしまってあった礼服を取り出し、着替えながら、鏡でしばらく自分の姿を眺めていた。

「行ってくるよ」

太一は呟《つぶや》いて部屋を出た。

式場は大宮《おおみや》駅から車で十分ほどの教会だった。気持ちの良い秋晴れで、太一は大宮駅の外に出ると、ビルの隙間から空を見上げた。

タクシーで白い三角形の教会の前にたどり着くと、既にさおりとまひろ、城咲が来ていた。

「石神さん、体調大丈夫でしたか?」

「うん、変わりないです」

「南さんは?」

「朝、病院に来ていましたよ。それから美容院だって、なんかごちゃごちゃ言っていた城咲は、なんか目に浮かびます、と言って笑った。

四人が控室で待っていると、遅れて到着した玲子が入ってきた。

「石神さんも今、着いていました。外で会いました」

その後すぐに、黒留め袖に身を包んだ夏美が、石神の乗った車いすを押して入ってきた。

「皆様、本当にお忙しいのにありがとうございます」

「いえいえ、こちらこそお招きいただいてありがとうございます。石神さん、決まっていますよ」

城咲の言葉に、石神は珍しく緊張した面持《おもも》ちで答えた。

「リハビリの成果を見せないといけないと思うと緊張します」

黒のモーニングコート姿の石神は、こけた頬が少し赤らみ、整えられた髪が気丈な雰囲気を醸《かも》し出していた。

「大丈夫ですよ。リハビリでは、もうできているんだから」

さおりの言葉にも石神はまだ自信なげだった。

「いや、この恰好が歩きづらそうで」

その様子を夏美が安らかな笑顔で見つめていた。

式には、両家の親戚と少数の友人のみが招待されているようだった。石神と夏美が、親戚と思《おぼ》しき人たちと談笑しているのを玲子は横目で見ていた。

「心配？」

さおりが玲子の顔を覗き込んだ。

「大丈夫よ、きっと」

さおりと、その向こう側に見える仲間の顔を見て、玲子は気持ちを落ち着けていた。

しばらくすると、教会の中に入るように指示があり、五人は新婦側の席に並んで座った。教会の天井は高く、正面には荘厳なステンドグラスが神秘的な雰囲気を醸し出していた。新郎も席に着き、いよいよ新婦入場の空気になった頃、容子の介添え人が五人の座っている席に静かに近寄ると、

「黒木様、大迫様、新婦のお父様がお呼びですので来ていただけますか？」

と声を掛けた。さおりとまひろが教会の外に出ると、そこには白いウエディングドレス姿の容子と、車いすに座った石神がいた。

「足が出なくて」

さおりが少し手を貸すと、石神はすくっと立ち上がった。

「魔法みたい」

容子が呟くと、石神の表情は綻《ほころ》んだ。

「石神さん、大丈夫ですよ。ほら」

まひろがこわばった石神の手を優しく伸ばした。

「容子さん、お父さんの手、しっかり握ってあげてくださいね」

容子は、石神の右手の上に左手を置くと、その手を握った。そして石神の手は確かに握り返していた。

「ありがとうございます」

ベールの向こう側の容子の目にはもう光るものがあるのを、まひろとさおりからは見えていた。

「中で待っていますね」

まひろとさおりが教会の中に戻ると、玲子の横で太一が心配そうに覗いていた。

「大丈夫よ。文字通り、緊張で足がすくんでいただけ」

聖歌隊の美しい歌声が響く中、教会の後ろの扉が開き、石神と容子の並んだ姿がそこにはあった。石神は左手で杖をつきながら一歩一歩、バージンロードを進んできた。その歩くリズムは、この温かく幻想的な空気と完全に調和していて、容子が石神を支えているようにも、石神が容子の手を引いているようにも見えた。

太一の目に石神の柔和な笑顔が映った。するとその幸福に満ちた表情が、父親がまだ元気だったころの表情に重なり、それから暗い病室が思い出された。

「父さん」

気づくと、太一の頰の上には、とめどなく涙が零《こぼ》れていた。

「大丈夫」

さおりが太一の背中をそっと擦《さす》り、すると、それが太一をこの光と笑顔に満ちた空間に引き戻した。

「よかったわね」

容子の手は石神を離れ、新郎のもとへ移っていた。石神は夏美に支えられて自分の席に着いた。


結婚式が終わり、少し疲れた様子の石神が車いすに座っていた。容子たち新婚夫婦は参列した親戚や仲間と話していて、夏美と石神だけが少し離れたところにいたので、病院のメンバーがそこに集まった。

「きれいに歩けていましたよ」

さおりに声を掛けられ、モーニングコート姿が見慣れてきた石神は頭を掻《か》いた。

「一度、転びそうになりましたよ。手と足を出す順番がわからなくなって」

まひろは黙って、石神の右手を握ると、石神もその手を握り返した。まひろは笑顔で頷いて、その手を離した。

「そろそろ病院に戻らないと。注入の時間がありますから」

太一の言葉に夏美が頷いて、用意していた迎えの車に連絡を取った。石神と夏美が車に乗り込むのを見届けて、玲子は二人に声を掛けた。

「また、病院で」

爽やかな秋の空気を掻き分けて、二人を乗せた車は走り去っていった。

「じゃあ、僕らも帰りますか」

全員、チャペルからタクシーで大宮駅に戻ることになる。さおりと城咲と太一が先に乗り込んだので、玲子とまひろが二人で次のタクシーを待つことになった。

「無事終わってよかったですね。感動しました」

「そうですね」

まひろは何か考え事をしているようだった。二人の後ろでは、容子の仲間たちの楽しそうな笑い声が響いていた。

「初めてでした。こういうリハビリを経験したのが」

まひろの言葉は確かに玲子に向けて発せられているのがわかった。玲子がまひろの方を向くと、まひろはまっすぐ前を向いていた。

「私たちが、その人の人生を左右するということは頭ではわかっていました。でも、それはあくまで自分の職域の範囲内で関わるものだと思っていました。そう関わるべきだと思っていました」

玲子は、以前朱理《あかり》に言われた、看護師は患者さんに最も近づいていい存在だから羨《うらや》ましいという言葉を思い出していた。それはきっと事実だけれど、一方で、その立場をどう治療に還元するか、どこかで割り切って厳しい決断をしないといけない時に正しい距離に戻れるのか、玲子にはまだ結論の出ないことだった。だから、まひろの言葉は他人事ではないと感じていた。

「結局、怖がっていたのかもしれない。相手の人生に踏み込むということは、自分の人間性を見せるということです。見られるということだから」

やっと次のタクシーが来て、二人は後部座席に乗り込んだ。行き先を告げると、タクシーはゆっくりと走り出し、小さくなっていく白いチャペルは、さっきまで自分たちの舞台だったのが嘘のように、元の世界に戻り、馴染《なじ》んでいった。

「山根先生に、変われるチームが良いチームだって言われたの」

まひろがこの病院に来た時、玲子は変えられたくないと思っていた。でも、今となっては、その思いを自覚することがチームを成長させるきっかけだったように思える。

玲子には、目の前にいるまひろが初めて出会った頃の彼女の姿と重なり、するとこれまで自分が積み重ねてきた思いも交錯して見えるようだった。

「あれ、きっと私個人に向けても言っていたの。変わりなさいって。簡単に変わるような人間は、信用が置けないから嫌いだって考えの私に」

まひろの視線が自分を捉《とら》えていることに気づくと、玲子は自分の思いを確かめるように、話し始めた。

「私も、変えられたくないって思いはあったかもしれません。でも、今は、自分は変わりたいです」

玲子は話しながら、あなたと大迫さんは同じ思いを抱えている、と言ったさおりの顔が浮かんだ。

「私は弱いから一人じゃ変われないけど、誰かがいれば変われるって。自分を変えてくれるような人に出会えるならそれは素敵だし、それなら私は喜んで変われる気がします。

昨日言っていたことと今日から言うことが違っていて、周りからうそつきだって思われても、そんなことはどうだっていいです。そもそもそんな大した人間じゃないので。変わらない強さよりも、変わった自分で見える世界の景色を、私は選びます」

まひろは玲子を見て、嬉しそうに笑った。

「前から思っていたけど、南さんって頼りなさそうに見えて、本当は強いよね」

私が強い？　玲子が戸惑い、言葉を失くしていると、まひろが自分の膝を一つ叩いた。

「確かに、どうやっても変えられない部分っていうのは、自分でも他人でも変えられないものよね。それは芯の部分で、中心の堅い小さなところ。でも、それ以外は、ね」

タクシーが駅に着き、二人は下車すると、今度は駅の改札口に向かった。日曜の午後の大宮駅は人でごった返していて、歩いてホームまでたどり着くと、二人の間にはいつの間にか距離ができていた。

「大迫さん」

玲子に声を掛けられ、振り向いたまひろの目は、あの初めて出会った頃の圧力は影を潜《ひそ》めていた。

「私、いつか、この仕事って楽しくなるのかなって思っていたんです。自分が成長していけば、患者さんをもっとよくできるようになって、って」

今まで存在していた、押し返されるような空気が薄れていて、玲子はその分、姿勢よくまひろの前にいられる気がした。

「でも、だんだん違うんだなって。今も、今日も、嬉しいけど、やっぱり辛いです。明日からのことを考えたら頭がいっぱいになります」

雑踏の中で二人は向き合っていた。

「小塚先生や、大迫さんや黒木さん、見ていても、あ、やっぱり、楽しいとかそういうものじゃないんだって」

まひろが零した笑みは自嘲めいて見えたが、その向こう側に消せないプライドの炎が灯っているように玲子の目には映った。

「辛いよね。覚えているのは、よくできなかった患者さんのことばかり」

まひろは、玲子から視線を外し、遠くを見つめるようにして、何かを考えていた。

「ずっと辛いんだなって思いました。覚悟が、やっと決まったのかな。すごく遅いけど。辛くていいんだって」

「私ね、ずっと辛いって思えることが大切なんだと思うんだ。患者さんの治った部分じゃなくて、治せなかった部分に向き合えないと私たちはいけないの。それを自分の責任だって思えないと。それは辛い作業だけど、それに慣れたり、目を背けられるようなら、向いてないよ、この仕事」

まひろの芯の部分を玲子はひしひしと感じていた。そして、それは玲子を変えてくれるエネルギーであることを知っているのだった。

「辛い人が向いている？」

「そう」

「じゃ、向いているんですか？　私たち」

「多分ね。それも辛いね」

二人は目を合わせて笑った。そして、電車に乗って蓮田に帰った。

翌日から、石神を自宅に帰すためのリハビリが始まった。容子の結婚式を終えてから、石神の病状は悪化し、生活の動作も介助を要する割合が少しずつ増えていった。急変の可能性も高くなってきており、緩和ケア病棟のある病院への転院も考えられたが、それでも夏美が、石神を自宅に連れて帰ることを希望したので、玲子とまひろは居住環境の調整を急ピッチで進めていった。

通院は難しくなることが予想されたので、太一は訪問診療を受けることを想定していた。そして、石神の自宅は松原《まつばら》のクリニックの近くであったので、松原に連絡をしたところ、診察とリハビリを自宅へ訪問する形で行えることとなった。

迎えた退院の日の朝、夏美に車いすを押され、石神はナースステーションに顔を出した。石神は、体幹の筋力が落ちたせいか、座る姿勢が前かがみになっていたが、みんなを見上げるように腰を伸ばしていた。かすれて、もうほとんど聞こえない声で、石神は太一に話しかけた。

「私の再入院を受け入れてくれてありがとうございました」

太一は何も言わず、石神に向かって深々と頭を下げた。

「お大事になさってくださいね」

玲子が石神の左手を握ると、石神は微笑んだ。そこに純平が息を切らしてやってきた。石神が玲子の手を放して、その手を純平の方に伸ばしたので、玲子が、

「私より純平の方がいいんですね」

と拗《す》ねてみせると、夏美が声を出して笑った。

「別の病棟からわざわざありがとうございます」

そのやりとりを城咲とさおりが楽しそうに見ていた。

「南さん、余所者《よそもの》が主役みたいになっていますね」

「純平、次から来るなら一報入れなさいよ」

「この感じ、懐かしいね」

そして、まひろが石神の右手に自分の右手を差し込んだ。もうほとんど動かないはずの石神の右手が少し動き、まひろの手を握ると、まひろはそれを握り返した。

「それですよ。忘れちゃ駄目ですよ」

石神は頷き、蓮田市リハビリテーション病院を去っていった。


翌日、さおりは地図を見ながら、松原リハビリテーションクリニックの場所を探していた。太一より、クリニックで石神の在宅リハを担当する理学療法士に、現在行っているリハビリの内容を説明してきて欲しいと頼まれたからだ。その療法士はさおりよりずっと年配に見えたが、時々質問を交えながらよくさおりの話を聞いてくれた。申し送りを終えたことを診察室で書類を書いていた松原に告げると、顔を上げて無精《ぶしょう》髭《ひげ》の生えた口元でにっこりと微笑んだ。

「わざわざ来てくれてありがとう。直接申し送りしてもらえるのは助かったよ。やっぱり最後までリハビリはしてあげたいけど、全身状態のことを考えると慎重にプラン立てないといけないからね」

「いえ、私も、在宅医療に興味があったので、来させていただけてよかったです」

太一は松原に、今度さおりがここの診療を見学させてもらえるように頼んであった。

年季の入った机の上には、介護保険の申請書類や障害者手帳の意見書などが平積みされていて、さおりは他人事ながらあの量を書かないといけないと思うと、気が滅入ったが、もちろん松原はそんな素振りを一切見せなかった。

「ところで、君、黒木さん、太一の同級生だったよね？」

松原は、そう話しながら、診察室の診察用の椅子に座るように手で勧めてくれたので、さおりはそこに腰を掛けた。

「ええ、私も一度先生にお会いしたことがあるような気が」

「そうかもしれないね。時々、あいつの父親に連れられて、サッカーの応援に行ったことがあるから」

さおりは一瞬、松原からなんだか懐かしい感じがするのはそのせいかもしれないと思ったが、おそらく一度も言葉を交わしたことはないはずだと思い直した。しかし、太一がリハビリテーション科の医師になろうとしたのは松原の助言からだということは太一から聞いて知っていたし、何より松原は、あの頃の太一も、それからの彼のことも知っている、ほとんど唯一の存在だということが、さおりの想いを静かに零れさせた。

「太一、やっと、戻ったと思います。肩の力が抜けたっていうか。やっと。長かったですね」

松原は優しく頷くと、さおりの目を覗き込むようにして話しかけた。

「君は、ずっとあいつを見捨てずにいてくれたんだね。ありがとう」

突然に見透かされたような気になったさおりは、どのように答えればいいのかわからなかったこともあり、話を変えたようでも、同じ流れのようにも思える質問を口走っていた。

「先生はご結婚されているんですか？」

松原は首を横に振りながら、さも難しいことに悩んでいるような表情で答えた。

「そういうのが苦手で。大抵のことは、待っていればチャンスが回ってくるが、恋愛だけはそうじゃないみたいだからなぁ」

「リハビリと一緒ですね。良いタイミングを見つけたら、積極的にアプローチしないと」

「向いてないのかな、この仕事」

「私も」

二人はまるで旧知の仲のように、顔を見合わせて笑った。


石神夏美が蓮田市リハビリテーション病院を訪れたのは、猛が退院してから三週間が経った日の夕方だった。玲子は、廊下を歩く夏美を見つけると、ナースステーションの横の面談室に通した。カルテを書いていた太一に玲子がそのことを報告すると、猛を受け持っていたメンバーを呼ぶようにと言われ、さおりとまひろ、城咲に加えて、純平も内科病棟から駆け付けた。

夏美は猛が亡くなったことを皆に伝えた。部屋の大きさに比べてやや多すぎた人間が発する熱気と、残暑の厳しさが相まって、その悲報におよそ似つかわしくない高揚感が部屋を包み、沈黙だけがそれに抵抗するように哀愁を表象していた。

「本当にありがとうございました。石神は最後まで生きていました」

夏美の目には涙がうっすらと溜まっていたが、その表情は彼女が本来持ち合わせている穏やかさを湛《たた》えていた。

「皆さんのおかげです。娘の結婚式に出られて、石神は本当に喜んでいました。私も、彼の強さを、リハビリに取り組む姿勢を見て、心の底から勇気づけられました。娘もそうだったと思います。でも、彼がそうやって頑張れたのも皆さんがいてくれたからです」

玲子の横に座っているまひろの肩が揺れていた。玲子が思わずその肩に手を回すと、彼女の熱が伝わってきて、玲子もこみ上げてくるものを必死に堪《こら》えた。

「自宅に帰ってからの生活は、不思議でした。ここで、皆さんと必死で行ってきたリハビリは目標を達成するための手段でしたが、家に松原先生の所のＰＴさんが来てくれて、彼にとって、私にとって今度はリハビリが目標のようでした。なんのために、とかではなくて、ただリハビリを頑張ろうって。それは彼の支えだったと思うし、生きているってことだと思いました。治らないかもしれなくても、目的が見えなくなっても、生きようって、動こうって。そう思うこと、そう思わせてくれたことに、彼に代わって感謝いたします。ありがとうございました」

夏美は一枚の写真を渡して帰って行った。それは、容子の結婚式に撮影した集合写真だった。ドレス姿の容子の横で静かに微笑む石神と、それを囲んだ五人の笑顔がそこにはあった。まひろが微《かす》かに漏らす嗚咽《おえつ》が部屋に響き、玲子はそのまひろの肩に顔を押さえて、溢れ出る涙を隠していた。

翌日の日曜日は天気が良く、珍しく目覚ましをかけずに寝ていた太一は、遅い朝に起き上がると、窓の外を見渡した。そして、簡単な支度を済ませると家を出て、バスに乗って駅に向かった。蓮田駅のロータリーから階段を上がり、改札を通ってホームに降りると、そこには、まひろの姿があった。まひろはすぐに太一に気づき、少し驚いた表情で近づいた。

「おはようございます。どこに行くんですか?」

「父親の墓参り」

「あ、そうなんですね」

まひろは、まるでそれを知っていたかのように答えると、さらに、まるで、そこに約束して待ち合わせをしていたかのように言葉を続けた。

「一人で？」

「うん」

「ご一緒してもいいですか？」

「は？」

「お父様のお墓参り、ご一緒しても？」

日曜の蓮田駅のホームには、人がまばらで、平日の通勤時間の殺伐さとは違い、一人一人の穏やかさに包まれているようだった。太一の戸惑った視線をまっすぐ見返して、まひろは続けた。

「迷惑ならいいですけど」

「迷惑ではないけど」

「じゃあ、ご一緒します。どこですか？」

「遠いよ。花小《はなこ》金井《がねい》」

「知らないです」

「一時間半くらいかかるよ」

「平気です」

二人を急かすように到着した電車に、まひろは先に乗り込んだ。

「行きますよ」

まひろの後に乗り込んだ太一を確認していたように絶妙のタイミングでドアが閉まり、列車はゆっくりと動き出した。空《あ》いている席に並んで座ると、二人がいつもまとっている仕事の雰囲気はなんとなく薄れていて、二人がそのような状態で接するのは初めてかもしれなかった。

「いつ以来ですか？」

「何が？」

「お父様のお墓参り」

まひろの視線を肌で感じながら、太一は窓の外の流れる景色を見ながら答えた。

「多分、初めて」

それについて、まひろはそれ以上何も聞こうとせずに、ポツンポツンと思い出したようにとりとめのない話をする二人を乗せて、宇都宮《うつのみや》線は進んでいった。

乗り継いでたどり着いた花小金井駅から、さらに歩いてだいぶかかるところに太一の父親の墓地はあった。

「先生、さっきから気になっていたんだけど、手ぶらでいいの？　お花とか、お線香とかは？」

「いる？」

まひろは大きな目を見開いて、強い口調で答えた。

「いるでしょ！　お線香は、どこで売っているのかな。まあ、お墓の近くに売っていそうな気もするけど、お花は見つけたら買っていきましょ」

「まずは、ここまで出向いただけでよくない？　十分な供養というか」

まひろは半分本気で怒っているように、太一を見据えて言い放った。

「ずいぶんな上から目線ですね。自分がわざわざ来てやった、みたいな。お医者さんは、ちやほやされるから、お墓参りすらちゃんとできなくなっちゃうのかしら」

そう言って唇の端で笑うまひろに押されて、太一は途中にあった花屋に立ち寄った。

「何がいいの？」

「なんでも。でも、お父様の好きだったお花がいいんじゃないですか？」

「父親の好きな花なんて知らない。普通、知らないよ？」

「私は知っていますけど。じゃあ、菊がいいんじゃない？」

太一に任せても何も決まらないと悟ったのか、まひろはテキパキと店員さんに注文すると、受け取った菊の花束を太一に渡した。

「さすがに、お供えは自分でしてくださいね」

道中、終始まひろに押されていることを感じながら、太一は一人でここに来ていたら、きっと余分な感情を持ち合わせて父の前に辿り着いていただろうと想像していた。すると、もしかしたら、まひろはあえてそうならないように振る舞ってくれているようにも思え、そのようなことを確認のしようもないので結局のところはわからないのだが、太一がこうしてほんの少しのセンチメンタリズムと非日常感だけを持って父と対面できたのは、やはりまひろのおかげであった。

太一が墓石の前で手を合わせても、特別なことは何も起こらなかった。父の声が聞こえてくるわけでも、何かの踏ん切りが自分の中についたわけでもなかった。ただ、ここにきても何も起こらないということが、一生捨てることはできないと思っていた太一の奥底にあるこだわりも、それ以上でもそれ以下でもない、単なる感情の一つであるのだと教えてくれたような気がしたのが、太一にとって、唯一の意義だった。父への思いも、父の死に向き合った時の思いも消えることはないだろうけど、それをどう受け止めていくかは、変わっていく自分自身の中でその都度向き合うしかないのだ。言い換えれば、その都度向き合ってよいのだ。

太一の目の前にはまひろが立っていた。

「ありがとうございました」

「ん？　なにが？」

「石神さんのリハビリ、やらせてくれて」

まひろの初めて見せる照れたような笑顔に、太一はなんとなく目を逸《そ》らした。

「いえ、こちらこそ」

「いろんなことを経験させてもらいました。患者さんのために働くということがどういうことか、改めて考えさせられたし」

先ほど供《そな》えた黄色い花が、風に吹かれて優しく揺れていた。太一は、ここが想像していたのよりもずっと穏やかな空間であることを、墓石に刻まれた父親の名前を眺めながら感じていた。

「先生に、石神さんの手を握れるようにしてって言われた時、さすがに無理だって思いました。あの時、完全に弛緩性麻痺だったし」

「そうだね」

「考えました。どうやったら石神さんの手を動かせるだろうって。私の考えつくあらゆる方法をシミュレーションして、他にも何かないかって散々調べて」

まひろの笑顔は、仕事の時に見せるあの真剣な表情と混ざり、不思議な美しさを湛えていた。

「自分の力が引き出されているのがわかりました。今まで、必死で、自分一人で、自分に鞭《むち》を入れて出してきた力を、周りの人がもっと引き出してくれている。石神さんのためになりたいという気持ちと、この人たちの期待に応えたいという気持ちと」

まひろの言葉に引き寄せられるように太一の視線がその目に辿り着くと、確実に、二つのそれが交差した。

「先生が、私を自分の仕事に専念させてくれたんだって。私は、石神さんの手を治すことだけ考えればいいんだ。これがチームなんだなって。全体のことは、先生が考えてくれるから。指示してくれるから」

太一は、頷くのも変な気がして、首を少し傾げながら、次の言葉を待った。

「足りないもののカバーし合う、みたいな、そういうのだと思って拒否してきたけど、違うんだなって。勉強になりました。この病院に来てよかったです」

軽く頭を下げるまひろの長い髪が揺れ、それに見惚《みと》れるような気分になるのが気恥ずかしくて、太一は空を見上げた。澄み切った、高い高い秋の空だった。

「石神さんが娘さんの手を握れたのは、大迫さんのおかげです。ありがとう」

まひろは、いつもの気の強い眼差《まなざ》しで、太一を睨《にら》みつけるような素振《そぶ》りをすると、一転して晴れやかな笑顔を見せた。

「私は変えられたんじゃないですよ。変わったんです、皆さんを見て、私が自分自身で変わったの」

「どっちでもいい気がするけど」

「よくないの」

太一は、まひろの強い視線がなぜか心地よかった。

「僕は、大迫さんみたいに意地もプライドもないけれど」

「そうですか？　実は、よっぽど私なんかよりあるタイプだと思いますけど」

「そうかな。まあ、そうかもしれないね。じゃあ、そんな僕は、あなたの目から見てどんな医者でした？」

まひろは一瞬、戸惑いの表情を見せた。

「なんで私に？」

「なんでだろう。なんか、本当のことを言ってくれそうだから。気を使わずに」

「ふーん」

まひろは一層眼差しを強くし、それはまるで太一を睨んでいるようだった。

「ちょっと優柔不断ですね。リーダーたるもの迷いを見せたらだめですよ」

「はい、気を付けます」

太一の素直な返事を聞いて、まひろはいたずらっぽく笑った。

「まあでも、良いお医者さんなんじゃないですか？　こんな強情なＯＴを変えたんだから」

「光栄です」

二人はどちらからともなく歩き出した。目指す場所は口に出さずとも進んでいける気がしていた。自分を見つめてくれる人がいるから、道を間違った時には引き留めてくれる手があるから、前に進んでいける。変わりゆく景色の中を二人は一歩一歩進んでいった。

『先生！　朱理《あかり》の赤ちゃん、生まれたってー。』

玲子からそのメールが携帯に届いたのは、深夜の十二時、太一は自宅でパソコンを開いて、届いたメールを読んでいた時だった。太一が所属する大学の医局長からのメールをもう一度読み返して、パソコンを閉じると、玲子に返事を送った。

『良かったね。どっち？』

『女の子だって！　準夜終わって携帯見たら連絡来ていたの』

太一は徐《おもむろ》に家を出ると、寮と病院の間にある自動販売機に向かったが、ふと思い立って、玲子にメールを送った。

『ジュース飲む？』

意外にも玲子からはすぐに返事が返ってきた。

『炭酸！』

ややくたびれた、でも満面の笑顔の玲子がその場所に来たのはそれから五分後のことだった。

「お疲れ様」

「疲れました。先生こそ何していたんですか？　こんな時間まで」

玲子は、太一から炭酸飲料を手渡されると、それを開けて美味《おい》しそうに飲んだ。

「普通、まだ起きているでしょ」

「まあ、そうですね」

肌寒くなった空気が、勤務で火照《ほて》った玲子の体には心地よく、潤《うるお》したおかげで喉《のど》も滑《なめ》らかだった。

「今度、朱理の赤ちゃんに会いに行きましょうよ、みんなで」

「みんなでは迷惑でしょ」

「じゃあ、とりあえず、先生、行きましょう」

「いいけど。嫌がられないかなぁ？」

本当に不安そうな太一が可笑《おか》しくて、玲子は意地悪な質問をぶつけた。

「どっちに？　赤ちゃん？　朱理？」

「両方」

「少なくとも、朱理は泣かないから大丈夫ですよ。でも、先生って赤ちゃんに懐《なつ》かれなそうですね」

それに対しては自信をもって否定もできなかったので太一が黙ってやり過ごそうとすると、玲子はそれを知ってか知らずか、話題を変えた。

「なんかあったんですか？」

「なんで？」

「いや、珍しいなって。こういうこと」

「ジュース奢《おご》ることが？」

玲子は、笑って太一の方を見つめていた。太一は、別に何もないんだけどね、と前置きして、やっと自分のジュースの蓋《ふた》を開けると、一口飲んだ。

「別れって何なんだろうってずっと思っていたんだ」

「別れ？」

「別れって辛いでしょ」

玲子は、太一の突然の話題の意図を汲《く》めずにいたが、そういうことには慣れていたので、その話がどこに向かっていくのか、興味を持って聞いていた。

「でもさ、ただ辛いだけなら、避けたいじゃない。避けたくなるでしょ？」

「まあ」

「一番簡単なのは、出会わないことなんだよ。出会わなければ、別れはない」

「そうだけど」

いかにも太一らしい理論の展開の仕方に、玲子は相槌《あいづち》だけを打っていた。

「でも、結局、人は出会おうとするでしょ。その先には絶対辛い別れがあるのを知っているのに」

「別れないことだってあるじゃない」

玲子はなぜだか少し心細くなっていることに、自分の声の大きさで気づいた。太一はそれに反応して、逆に声を潜めるように、でもきっぱりと答えた。

「ないよ。もしも、ずっと別れなくても、どちらかが先にいなくなるわけだし、自分が先に死ぬとしたって、それだって別れだよ」

玲子の脳裏には、やはり石神のことが浮かび、夜空を仰いだ。そこには、一筋の雲影もない澄んだ星空が佇《たたず》んでいた。

「そっか」

「不思議だなって。それなら、僕は出会わない道を選ぶんじゃないかなって」

玲子は、容子の結婚式の時、石神の姿を見て涙を流す太一の姿を思い出していた。それは玲子が初めて見る姿だったし、もちろんその意味を聞くことはできなかった。ただ、直感的に、この話がそれに近いものであると悟っていた。

「それは、別れの辛さよりも、それまでの幸せとか、得られるものが上回るからじゃないの?」

太一は、玲子の意見に目線で同意した。

「僕もそうだろうなって思うし、まあ、そういうことなんだろうけど、こう、しっくりはこなくて」

玲子は自分で言いながらも、もし、自分が本当に辛い別れというものを経験したら、その後にも同じことを言えるのかどうかはわからなかった。

「やっと少しわかった気がするんだ。本当の別れっていうのが」

「本当の別れ？」

太一は、自らに確認するように一つ一つ丁寧に言葉を紡《つむ》いでいるようだった。玲子は、この太一の回りくどく律儀な思いが、自分の中に根付くかもしれないという予感があった。

「目の前からいなくなることが別れ、じゃないんだなって。ここからいなくなることが別れ」

太一は自分の胸を指差した。

「そうやって考えると、なんか納得するんだよね。本当の別れが来ないように、ここから消えないように、いなくなった時に辛くなっているんじゃないかって」

「わかる、気がする」

太一は玲子を見て微笑んだ。太一がこんなに優しく笑うことを、玲子は初めて知った気がした。

「きっと本当の別れは辛くないんだろうね。すっと消えるような」

玲子は、太一に問いかけた。

「じゃあ、もう出会うことは怖くなくなったの？」

太一はゆっくり頷いた。

「出会うことも、別れることもね」

玲子は、太一が一瞬、寂しそうな表情になった気がして、慌てて目を凝らしたが、やっぱりいつもの太一だった。

二人は、また明日、病院で、と言い合い、別れた。蓮田市リハビリテーション病院の古い建物は、別々の方向に向かって歩き出した二人を後ろから静かに見守っていた。

あとがき

書き手にとって、物語の続編を書ける機会をいただけることは本当に幸せなことです。前作「ナースコール！」を出版してから、本当にたくさんの方から励ましの言葉をいただきました。僕は普段「リハビリテーション科医師」として勤めておりますが、直接に関わる方には「リハビリテーションの小説を書きました」とはなかなか気恥ずかしくて言いづらく、身近な人にはお伝えしていませんでした。それでも、どこかから見つけてくださったのでしょう。

「読みましたよ。」

と言ってくださる方の多さに驚きました。そうやってお声掛けくださった方に、気の利いたお返事の一つもできないのは、僕の修業がまだまだ足りない証拠です。

と言うのも、今もかなり似たような心境なのです。この「あとがき」を書くにあたり、自分とは何者だろう、どの立場で書こうとしているのだろうと顧《かえり》みますと、自分の浅ましさがよくわかります。ここで筆をとっている以上、僕は物書きの端くれとしてここにいるわけですが、そうすると、どこかでリハビリテーション科の医師であることを（隠せるわけがないのに）触れずに進めようとしている自分がいます。それは、自分が直接経験している世界をお話の題材にするなんて、なんてシンプルな人間だろうと思われたくないという、結構昔に決別したはずの奇妙な見栄が、まだ体のどこかに残っているのを感じるからです。まあ、人であれば、深い人に見えた方が良いし、意外性とか、二面性とか、やっぱり憧れるわけです。身近なテーマを書く人、より、全く違う世界を描ける人、の方がなんとなく、格好よく思えます。なので、医師として振る舞っている時に、小説の話をしていただくと、僕が一人であることを見透かされたように少しドギマギしてしまいます。

また、もちろん、いくら書いているものがフィクションとはいえ、自分が患者さんの立場でしたら、小説を書く医者に診《み》られたいかと言われると、自分がネタにされるのではないかと心配になることもあるでしょうから、そんな意味でも臨床をしながら書くというのは、自分なりにはそのデリケートさを感じています。

さて、「戦う蓮田市リハビリ病院の涙と夜明け」、いかがだったでしょうか。前作を読んでくださっている方が多いといいなと思いますし、もし、まだの方もこれから読んでくださると期待してお話ししますと、実は前作と今作で少しテイストが変わっているはずです。(両方好きだよ、と言っていただけると嬉しいのですが……)

前作を書いていた時、僕は留学でイギリスに住んでいました。大学病院の医師の世界では、ある程度の期間、臨床経験を積んで、専門医の資格を取った後に、数年海外に留学するという風習があります。僕も、脳の研究をしたくてそれができるロンドンの大学に在籍し、慣れない海外生活を送っていました。つまり、ずっと臨床で走り続けていたのをいったん中断し、研究がメインの生活をしていたわけです。そんな中で書いていたのが前作で、なのでどこか臨床への、リハビリテーション医療への渇望のようなものが根底にあったように思います。

今回は、臨床のど真ん中で書いています。なので、ノスタルジアではなく、リアルに寄っているように自分では感じます。今回のサブタイトルに「戦う」というワードが入ったのも偶然ではありません。まひろが「ずっと辛《つら》いって思えることが大切だ」と話していますが、医療者は、そして特にリハビリテーションに携《たずさ》わる者は、そうでなくてはならないと日々感じます。文字通り戦場のような救急医療とは時間の流れこそ違いますが、リハビリテーションもまた戦いなのです。患者さんにとっても、医療者にとっても、です。辛いことをやり続ける、戦いです。

僕の好きな中島みゆきさんの唄にもありますが、時は流れて現在はますます、戦う人を戦わない人が揶揄《やゆ》する時代です。賢い人はそれに気づいて、避け始めています。それでも、僕は、何かのために舞台に上がろうとする人が好きですし、そういう人が減ってしまうことは本当に恐ろしいことだと思っています。

経験を積んでいくと、舞台に上がらずを得なくなる時が誰にでも来ます。今回、描きたかったことです。それは避けようと思えば避けられます。それでも、玲子はどこにでもいるような自分を奮い立たせて、まひろは自分の信じるものを背負って、逆風を承知で戦いに出ます。そういう決断をできる仲間と一緒にリハビリテーション医療を行っていきたいと、僕は思っています。覚悟を決めた、という意味で、僕も玲子と同じなのかもしれません。僕の周りには同じ志を持つ素晴らしい仲間がいて、特にこの数年の出会いに日々背中を押してもらっていると感じます。

序盤の話とつながりますが、物語を考えていく時、患者さんには当然モデルを置きません。が、医療者側にはモデルを置いている場合があります。患者さんの前ではいつも笑顔で、素晴らしい技術でリハビリテーションを行い、たくさんの患者さんから慕われているのに「良くしてあげられなかった患者さんのことばかり覚えている」と呟《つぶや》く大切な仲間は、最近、お父さんを若くして亡くしました。東京で仕事をしながら、休みの度に田舎に帰って、がんの闘病をしていた父親を必死で支え、それを患者さんには一切感じさせず。強烈なプロ意識とご家族への想い。先に生まれていたはずの太一とどこか重なるようでもありました。

人間も、組織も、チームも生き物なので、変わらないといけない運命にあります。でも、だからこそ、変わらずにあるべきものを理解しないと右往左往してしまう。それは、そこに積み重なってきた想いだと僕は思います。自分自身も、その集合体も、これまでたくさんの人たちが関わり、その人たちの想いで紡《つむ》いできたものです。それを理解して、その上で前に進めば、大切なものを失うことはないのだと思います。そのために、自分たちもまた想いを伝えていかないといけません。

最後まで読んでくださったあなたの想いが大切な人に届きますように。天国までも届きますように。

2018年　夏

川上　途行

この作品は書き下ろしです。

ナースコール！
戦う蓮田市リハビリ病院の涙と夜明け

川上途行

2018年 9月 5日 第1刷発行

発行者 長谷川 均
発行所 株式会社ポプラ社
〒一六〇-八五六五 東京都新宿区大京町二二-一
電 話 〇三-三三五七-二二一二（営業）
〇三-三三五七-二三〇五（編集）
ホームページ www.poplar.co.jp
フォーマットデザイン 緒方修一
組版・校閲 株式会社鷗来堂
印刷・製本 凸版印刷株式会社

N.D.C.913/198p/15cm
ISBN978-4-591-16018-3
落丁・乱丁本は送料小社負担でお取り替えいたします。
小社製作部宛にご連絡ください。
製作部電話番号 〇一二〇-六六六-五五三
受付時間は、月～金曜日、9時～17時です（祝日・休日は除く）。

P8101364

ナースコール！
こちら蓮田市リハビリテーション病院

川上途行

埼玉県のリハビリテーション病院で働く玲子はやる気に欠ける看護師2年目。新しく赴任してきた若い医師小塚太一に、「リハビリってどんな意味？」と問いかけられて答えられず――。医師と療法士と看護師と患者、チーム医療の中で成長していく玲子。爽やかで新しい医療小説！

ポプラ文庫好評既刊

江の島ねこもり食堂

名取佐和子

江の島に「ねこもりさん」と呼ばれる女たちがいた。それは島の猫の世話をするという、ある食堂の隠れた仕事。一家の女たちが、ねこもりとして生きたそれぞれの人生は、新しい命を結び、未来を繋いでいく。百年の時を経てもたらされた奇跡に涙があふれる感動作。

ポプラ文庫好評既刊

あずかりやさん

大山淳子

「一日百円で、どんなものでも預かります」。東京の下町にある商店街のはじでひっそりと営業する「あずかりやさん」。店を訪れる客たちは、さまざまな事情を抱えて「あるもの」を預けようとするのだが……。「猫弁」シリーズで大人気の著者が紡ぐ、ほっこり温かな人情物語。

活版印刷三日月堂
星たちの栞

ほしおさなえ

川越の街の片隅に佇む、昔ながらの活版印刷所・三日月堂。店主が亡くなり長らく空き家になっていたが、孫娘・弓子が営業を再開する。三日月堂にはさまざまな悩みを抱えたお客が訪れ、活字と言葉の温かみによって心が解きほぐされていくのだが、弓子もどうやら事情を抱えているようで――。

クローバー・レイン

大崎 梢

大手出版社に勤める彰彦は、落ち目の作家の素晴らしい原稿を手にして、本にしたいと願う。けれど会社では企画にGOサインが出ない。いくつものハードルを越え、彰彦は本を届けるために奔走する――。本にかかわる人たちのまっすぐな思いに胸が熱くなる物語。

解説／宮下奈都

一瞬の雲の切れ間に

砂田麻美

ある偶然が引き起こした、痛ましい死亡事故。突然の悲劇に翻弄される人間模様を、映画『エンディングノート』『夢と狂気の王国』の監督が独自の視点から描き出した短編連作集。「本の雑誌」二〇一六上半期ベスト１に輝くなど話題騒然の傑作を文庫化。

ポプラ文庫好評既刊

初恋料理教室

藤野恵美

京都の路地に佇む大正時代の町屋長屋。どこか謎めいた老婦人が営む「男子限定」の料理教室には、恋に奥手な建築家の卵に性別不詳の大学生、昔気質の職人など、事情を抱える生徒が集う。人々との繋がりとおいしい料理が、心の空腹を温かく満たす連作短編集。特製レシピも収録！

ポプラ文庫好評既刊

開ける男
鍵屋・圭介の解けない日常

本田久作

東京の下町にある鍵屋「岩谷フーディーニ商会」の従業員・圭介は「世の中に開かない錠はない」がモットー。ある日、事務所に全身黒ずくめの男がやってきて、拉致同然に圭介は車に押し込まれてしまう。つれてこられたのは、どこからどうみても「ヤクザ」の事務所で……。